覆面作家の愛の歌

新装版

北村 薫

目次

挿画●高野文子

覆面作家のお茶の会

1

会社の年末年始といえば、学校同様——というより、学校がそうだから、三月四月になる。忙しいのは、いつでも同じだ。七夕《たなばた》だろうがクリスマスだろうが変わりはない。しかし、春ともなれば行く人もいれば来る人もいる。研修期間が終われば、新人だって入って来る。そこで空気が新しくなる。話の通じる仲間が増える——筈《はず》だった。

そう、少し前までは確かにそうだった。ところが近頃は、学生のさなぎを脱いだばかりの蝶々《ちょうちょう》さんや蛾《が》クンが、社内にひらひら飛んで来ても、春が来た、という気がしない。何だか、妙に若いやつが一人前の顔をして歩いているなあ、と思うようになってしまった。これはいけない。こちらだって、野球にたとえれば、三十めがけてサードベースを回りかけたランナーとはいえ、まだまだ二十代。世界社の看板雑誌、の一つ（とつけるのが謙虚なところだ）、『推理世界』を支える若手編集者、岡部良介《おかべりようすけ》なのだ。

「何よ、岡部君」

後ろから声がかかった。左近《さこん》先輩である。

「はあ……」

振り返ると、外から帰って来たところ。ベビーブルーの襟なしジャケット、一つボタンの大きく開いた胸元から、藤色のブラウスが見える。白い大きな花が咲き乱れているといった派手な柄なのだが、それがしっくりと似合っている。

「名刺なんか見て、しみじみした肩しちゃってさ」

先輩はといえば、雑誌や資料をいっぱいに詰め込んだ、満腹の水牛のようなバッグを、まだ床に下ろしていない。なるほど元気な肩だ。

「いえね、切れた名刺を補充して、これからの仕事に備えていたところなんですよ」

「岡部さんたらね――」机の向こうから真美《まみ》ちゃんが割り込んで来た。「思い返せば、先月の十四日以来、元気がなかったんです」

「そりゃまたどうして」

「おかしいから、あたし聞いたんです。そうしたら、ようやく明らかになりました。フクちゃんがチョコレートくれなかったんですって」

思わず、立ち上がり、

「――そんなこと気にしてないってっ！」

真美ちゃんは、えへへ、と舌を出す。

「岡部君、なぜ騒ぐ」と先輩。

「いいえ」

急に話が十代並にミーハーになってしまった。フクちゃんというのは、《覆面作家》の我が編集部における愛称である。

本名、新妻《にいづま》千秋《あき》。生まれて初めて書いた原稿を、我が『推理世界』編集部に送ってきた。新人賞の応募でもなかったから、そのまま闇《やみ》に葬られてもおかしくはなかった。ところが、ものになるかならないかは、封筒の上から、何なら壁を通して隣の部屋からでも見抜いてやると豪語する左近先輩が一読。《岡部君、早速、お宅にうかがいなさい》ということになった。それ以来、担当となり、千秋さんの作品は『推理世界』を飾ることとあいなった。読者の反響もまずまず。この一月末に初めての単行本、『トリコロール』が出版された。ご苦労様ということで、会食をしたのだが、その待ち合わせに会社近くの喫茶店を使ったのが失敗。謎《なぞ》の覆面作家を一目見てやろうと、密林に珍獣でも見に行くような具合で出て来た真美ちゃんに、しっかりその正体を確認されてしまった。

実は、千秋さん、かなりきびしく査定したところで、評価に五つ星と、おまけに！がついてしまうような美貌《びぼう》の御令嬢なのである。《美貌》も《御令嬢》も、昨今ではかなり安く使われるようだが、彼女の場合、そうではない。お住まいは、世田谷《せたがや》の高級住宅地。いつかは一戸建てがほしいと渇望するサラリーマンが、欲求不満のあまりマリファナでもやったら眼前に現れそうな、夢ほどに広く豪壮な邸宅である。専用のプールもあれば、おつきの運転手までいる。

何も原稿を送ってくることもない。御自分で出版社を作ればいいくらいの方なのである。

容姿はといえば、これはきっと神様が、千秋さんという存在に、何事かを象徴させたくてこうなさったとしか思えない。そういうことなら、納得できる。御年《おんとし》、二十歳。とにかく、その千秋さんを見られた。

当人の希望から、《覆面作家》となっているお嬢様だ。対象が秘密めいているから、打ち合わせに出掛けるこちらも、こそこそしていたかもしれない。

だが挙動不審《きょどうふしん》以前に、とにかくギャラリーというのは勝手なものだ。面白ければいい。したがって、真美ちゃんに、《よっ、御両人》とからかわれるようになってしまった。

PAT ERIE SUZUM

「あの人はね、そんな世俗の習わしは御存じないんですよ」

「まっさかー」

マッサカーは虐殺という意味だ、というところから始まるミステリがあった。この道に入ったおかげで読んだ本である。配置転換で『婦人世界』にでも行かされたら、まず役に立ちそうもない知識だ。

2

「そうそう、フクちゃんといえばね、彼女にお会いしたいの」

「え、急ぎですか」

「そうね、早い方がいい。ええと、この二、三日なら午後が空いてる」先輩、天井を見る目になった。頭の中の予定表を見返しているのだ。「――場所は、銀座《ぎんざ》がいいな。連絡とってくれない」

「そりゃあいいですけど……」

千秋さんに緊急に何か書いてもらうような企画はなかった筈だ。ともあれ、敬愛する左近雪絵《ゆきえ》先輩の御命令、すぐさま机上の受話器に手を伸ばす。

いいことをしてあげましたね、何よりの御褒美《ほうび》よ、などという声を背景にダイヤルを回す。

御令嬢は外出嫌いである。大体は家にいる。しかしながら、電話は、千秋さんに直接つながらない。お手伝いさんが出て、それから執事（冗談ではなく、本当にいるのだ）、次いでお嬢様、というのが通常のパターンである。最近は慣れて来たのですんなり取り次いでもらえる。初めて足を運んだ時には、押し売りと間違えられ門前払いされそうになったものである。

「お嬢様がすっかりお世話になりまして。素晴らしい御本が出来たと一同喜んでおります。文章といい、お話の作りといい、本当にお見事で――」

という感激の声が、第一段階だった。

「これは岡部様」

第二段階で出て来るのが、赤沼《あかぬま》執事。そして、いよいよ、

「はい……」

消え入りそうな声が登場する。予定を聞くと、幸い、明日でも大丈夫だという。

では、と目を上げると、もう自分の席についた左近先輩が、用済みの大封筒の裏に《三時》と赤のマジックで大書し、持ち上げている。

「三時に、銀座の——」

また見ると、続く封筒には《銀座線、ホーム中央にて》。その通り伝える。千秋さんおずおずと、

「お待ちください。ただいまメモいたしますので……」

書き終え、確認しても、千秋さんはまだ、ものいいたげである。

「どうかなさいましたか」

「あの……」

「はあ」

「わたしの書いたものが問題になっているんでしょうか」

「え」

「それで、お叱《しか》りをいただくのでしょうか」

作家というのも厄介な生きものだ。自信過剰にも困るが、自信がなさ過ぎるのも困る。自信、常識、自制心、何であれ、程よく持ち合わせてもらわないと、担当が苦労する。

「とんでもありませんよ。編集部の左近が、あなたにお話ししたいことがあると——

——」

「お話？」

「仕事のことだと思います。きっと、また新作がほしいんでしょう。いやあ、わがままなもので困ってしまいますよ」

今度は机の向こうに、こぶしが出た。

「それでは行かせていただきますが、……あの」

「何でしょう」

「本が出たということは、赤沼以外の者にはまだ、話していませんの」

「それはまた、どうして」

新妻家の使用人は全員お嬢様のファンのようだから、とっくに祝賀パーティでも開かれているのかと思った。

「だって、知っている人に読まれたら、羞《は》ずかしいんですもの……」

だったら、書くなよ。

「じゃあ、お宅にうかがった時も、お電話の時も、黙っていればいいんですね」

「……ハイ」

電話を切ってからも、しばらく楽しめた。こう、いってやる。《あれっ、お宅の方々は、全員とうに読み終えたようですよ》。そうしたらどうなったかを、想像したのである。お嬢様は、受話器を持ったまま失神なさったかもしれない。

「何、いつまでもニヤニヤしてるのよ」

「あ、いえ。たいしたことじゃありません」

「まあ、そうでしょうね。ところで岡部君、わたしの方は、今、休むふりして考えていたんだけどね」

「はい」

「せっかく名探偵さんに、お会いするのに、ただホームで、というのも芸がないわ」

そうなのだ。千秋さんは容姿の他にも、この世のものとは思えぬ力を持っている。何でもお見通し、という不思議な才だ。左近先輩のからんだ事件でも、その名探偵ぶりを発揮した。先輩にとって千秋さんは、自分が目をつけた作家というだけでなく、名探偵としても印象が深いわけなのだ。

「どういうことです」

先輩はすっと立ち上がり、ワープロ用紙の入れてあるケースからちょうどレター・ペーパーぐらいの紙を一枚抜き出し、何事かをすらすらとしたためた。それを折って、世界社の封筒に入れると、スティックのりで封をした。

「はい、これ」

摩訶《まか》不思議。いいたいことがあるなら、言《こと》づければいい。そんなに信用できない後輩でもないつもりだが。

「ラブレターですか」

「馬鹿ね」

「何です」

「読めば分かるわよ、といいたいけど——さあ、分かるかしら」

「クイズですか」

「そんなところね。名探偵さんに会ったら、そこで開けてみて」

3

我も我もと降りて行く。地下にあっても、天下の銀座駅である。

何本もの路線が交差しているが、伝統ある銀座線はそれだけ天井も低く、ホームも短い。そこを慌ただしく人の群れが階段めざして流れて行く。こちらも流されて十数歩行くうちに、金属の箱に蜜柑《みかん》色の帯一本を無愛想に張り付けたような電車が、反対側の線に轟々《ごうごう》と滑り込んで来た。

東京は人が多すぎるよなあ、と思いつつ、今乗って来た方の電車が巻き起こした風の向こう、くすんだ色の壁に明るく光る広告板を見た。子猫が三匹、小さな足をひょいと上げ、宙に浮いたポーズをとり、《そうだにゃー》というように口を開けている。

「おい、リョースケ」

首の後ろで声がした。どきりとする。いわずと知れた千秋さんだ。背をそらせて答える。

「まるで、背後霊ですね」

千秋さんは、横から顔を突き出し、

「混んでるからな」

背後霊はつばの狭いパールホワイトのボルサリーノをかぶっている。帽子の山のふもとをくるりと同色の柔らかな布の帯が巻いている。布には、ベージュグレーの大きめの水玉模様が散っている。

「お待たせしましたか」

向き直って相対すれば、きりっとした葡萄《ぶどう》色のシャツとパンツ。上には、薄曇りの空のように淡々と寂しい色のショートジャケットを、ふわりと着ている。

「いやあ」

千秋さんは、体操するように首を振った。大きな瞳《ひとみ》が、右に左に揺れる。

「サインを頼まれたんで、何冊か持って来たんです。後でお願いします」

顔をしかめる。

「よせよ。心臓に悪いや」

新妻邸にいる時こそ、対人恐怖症気味のお嬢様。一歩門から足を踏み出せば、言葉遣いからしてこの通り。借りて来たネコさんからサーベルタイガーに変身してしまう千秋さんである。心理学者が三顧《さんこ》の礼を尽くして、ぜひ、わが研究室の実験材料に――とやって来てもおかしくない、そんな人なのだ。心臓に悪い、が聞いてあきれる。

「そうおっしゃらずに――」

「それよりさ、あの人は一緒じゃないのかい」

「左近ですか」

「うん」

話しながら横に動いて、つるんと丸い柱のかげに入る。流れの邪魔になるからだ。

「左近からは、こんなものを渡されました。あなた宛《あ》て、ということなのですが」

封筒を出す。お嬢様は眉《まゆ》を寄せ、何だろう、という顔をする。

「開けていいかい」

「もちろんです」

華奢に見える指が、器用に動く。爪を立てて細く切り取った端をジャケットのポケットにしまうと、千秋さんは、中の紙を取り出した。

すっと目を走らせると、紙をこちらに向ける。

ここで三時半までお待ちしておりま
す。お分かりにならない場合は、五
丁目の喫茶店《ポワソン・ダヴリル》
で四時に

通信というよりは、文字通りのメモだ。

「おかしいですね。ここで待つのは分かっている。《お分かりにならない場合》なんて、ないでしょう」

千秋さんは、にこりとする。

「《ここ》って、ここかな」

「え？」

「リョースケと待ち合わせるのが、このホームだろう。——あの人も、同じところで会うっていったのかい？」

「あ、そういえば……」記憶の箱の中をゴトゴトとかき回し、「名探偵さんと会うのに、ただホームというのも芸がない、とかなんとか」

「そうだろう」

千秋さんは、すたすたと歩きだす。

「どこへ行くんです」

あわてて、後を追う。お嬢様は振り向きもせず、

「《ここ》に行くんだよ」

4

どういうことだろう。メモは、先輩が千秋さんに出した問題に違いない。しかし、一目で、なぜその謎が解けるのか。

「《ココ》とかいう店でもあるんですか」

「さあ、知らないね」

「じゃあ、何なんです」

「四の五のいわずについて来なよ」

千秋さんはすっと改札を抜ける。

「だって、《ここで会おう》以外の余分なことは書いてなかったでしょう。それとも、付け足しの部分に鍵《かぎ》があるんですか」

地下街を支える円柱の周りに、観葉植物の鉢が丸く置いてある。目に緑を、というわけだろう。植物の方はお日様に会えなくて可哀想《かわいそう》だ。その横を擦《す》り抜ける。こちらは何が何だか分からなくて可哀想だ。

千秋さんはちらりと案内板に目をやる。コインロッカーの真っ赤な矢印が強烈だ。

「余分なことは書いてない。だから、それしかない、と思うわけさ」

「はあ？」

笑いながら歩いて来る制服姿のＯＬ達、背筋のまっすぐなおじさん、バッグの中の何かを確認しつつ来るおばさん。次々とすれ違う。

「どこまで行くんです」

「そこまでさ」

千秋さんは、そういってくるりと左に折れる。地上への階段。曲がってすぐは広く、

十数段上った踊り場の先からきゅっと狭《せば》まり、高みに春の光が輝いている。
その踊り場の端、人の流れからはずれた角に、魔法のように左近先輩が立っていた。
千秋さんは、やあ、と手を上げた。先輩は、破顔《はがん》して、
「やっぱり捕まったわね。さすがは名探偵さん」

え、え？　と情けない声を出したのが誰かは、いうまでもなかろう。

「ど、どういうことなんです」

「いいかい。——どこで会うのか、書いてなかったろう」

「はい」

「でも、この紙は」と千秋さんはメモを示す。「場所を指してるらしい。

そして、渡されたのが広い広い銀座駅だ。となったら、答は一つだろうが」

そして、目の前の、卵の黄身《きみ》の色をした表示を指さした。黒い字で《晴海通り、西五番街、銀座5―8丁目》、その上に一際大きく、――《出口、B5》。

5

「ワープロ、使うようになったからね。B5の紙だってことは一目瞭然《いちもくりようぜん》」

千秋さんは、魚の形をしたパイを口に運びながら、いう。

「岡部君は？」

「はあ、不明の至りです」

お嬢様は続けて、

「B4だったら《晴海通り―並木通り、銀座3―4丁目出口》、A3だったら《サッポロ銀座ビル、銀座コア出口》てなもんね」

場所の羅列《られつ》にきょとんとしていたら、全部、案内板に書いてあったろう、とやられた。記憶力もいいようだ。

ティーカップを手にした左近先輩が、白い丸テーブルの向こうからいった。

「《ポワソン・ダヴリル》って、フランス語で《四月の魚》という意味よ」

　この店の名前。話題が替わるのは歓迎である。

「ははあ、あちらはその頃が魚の旬《しゅん》ですか」

「違うわよ。《四月一日》のことをそういうの」

「眉に唾《つば》をつける日ですね」

「そう。――もうじきね」といって、紅茶を啜《すす》り、「あのね、四月が近いところで、お伝えしておきたいことがあるの。これはエープリル・フールじゃない。本当の話」

　その言葉は、こちらにも向いている。おかしい。相手は千秋さんだけではないのか。

左近先輩は続ける。

「昨今の出版情勢に鑑《かんが》みまして、わが世界社も翻訳に力を入れたい、ということになったの。そちらがどうも後手《ごて》に回りがちだったから、どうにかしたいということなの」

「はあ」

「現地の出版界に直接食い込み、最新の情報を得、最も早く、よりよい本の出版権を取りたい」

「それはそうですね」

「そのために、まず、ニューヨークに社員を常駐させようということになったの。人選の基準としては、勿論《もちろん》英語に不自由しない、できればフランス語程度はかじっている、その上センスがあって、人当たりがいい、美しく行動力があり、温厚で誠実で——」

「先輩、ニューヨークに行くんですか」

「よく分かったわね」

千秋さんはフォークを置き、立ち上がると、いろいろお世話になりました、と深々と頭を下げた。

左近先輩は、あらあら、と顔の前で手を横に振り、

「そんなに改まっていわれることもないんだけれどね。とにかく、あなたのご本が、渡米以前にわたしのかかわった最後の本。その上いろいろとお世話にもなったから、御挨拶《あいさつ》しておきたかったの。それから、岡部君——」

「はい」

「あなたの方は入社以来、いろいろとお世話したから——」

「はあ」

「いずれ分かることだけど、会社でなくね、こういうところで、まず伝えておきたか

ったの。これからも後輩の面倒をよくみてあげてちょうだいね」

「それはもう」

「《書籍》の末松《すえまつ》君が異動して来る筈よ。去年入った男の子。一見、とぼけた感じの子。世界社の青い炎よ」

「何ですか、それは」

「面接のチームにね、わたしもいたから、知ってるの。彼が椅子《いす》に座った。じろっと見て、碇《いかり》部長が一言。《君、やる気なさそうだね》」

碇というのは書籍の部長だ。部長というより組長というのが似合いそうな、がっしりした眼光鋭い人物だ。どう見えたかは知らないが、とんでもない面接だ。

「で、彼氏、びびったんですか」

「いいえ。末松君、顔を上げて、《派手か地味かといえば、わたしの与える印象は地味かもしれません。しかし、火に譬《たと》えればわたくしは青い炎。烈々《れつれつ》と燃えております》」

「凄《すご》いことをいいますね」

「どこまで燃えるか分からないけど、岡部君、うまく油をかけてやってよ。焦げない程度にね」

「はい。それはいいですけど……」

先輩をアメリカに取られてしまうのは、やはり残念だ。適材適所。左近先輩にも、世界社にとってもいい人事ではあるのだろうが。

しかし先輩は、そんな感傷は見せずに、

「うちはね、家族の方は親に似てしっかりしているから、もう安心。頑張って来てね、と送り出してくれる。それより、古巣の職場の方が心配だなあ。つぶさないでよ、『推理世界』。それから、この人を、ちゃんと育てるのよ」

と、千秋さんに目を向けた。

二人へのアドバイスを交え、一時間程話した左近先輩は、次の予定があるからと、席を立った。いつも、忙しい人である。

「研修期間が終わって、今の雑誌に配属されましてね。その時、一番最初に声をかけてくれたのが、先輩なんですよ」と、千秋さんに思い出を語ってみる。「分からないことがあったら、どんな馬鹿馬鹿しいことでもいいから聞け。ただし、同じことは二度聞くな、って」

「ふうん」

千秋さんはポケットから、さっきの紙を取り出した。そして、

「《ここで会おう》――か」

「どうかしましたか」

「リョースケ、寂しいかい」

「まあ、春は出会いと別れの季節ですから」

「――あの人の手掛けた本て、いっぱいあるんだろう」

「ええ」

千秋さんは、視線をふわりと、広い窓に向け、春の街の行き交《か》う人を見つめながら、

「B5にしろ、文庫にしろ、ハードカバーにしろ長方形。書く者、作る者、読む者、皆《みん》な、紙の四角が繋《つな》ぐんだね。――海の向こうとこちらに分かれても、――間で、泡だつ波や不機嫌な雲、それから気まぐれな風がいっくら騒いだって、本を手にしたら、いつだってあの人に会える。本を作る仕事って、そういうものなんだね」

6

薄緑の窓枠に四角く切り取られた新妻邸の庭。新緑の木々を春の風が柔らかく撫《な》でている。のどかなものだ。

そして、絨毯《じゅうたん》の敷き詰められた室内では、千秋さんが茜色《あかね》の小さなポットで、お茶を——煮ている。

「いいんですか、そんなに」

外では女らしい服装が似合わない。お屋敷では仕返しのようにドレスを着ている。そのお嬢様が、首をかしげ、ハーブティーの紙箱を持ち上げ説明を読み返す。

「十五分、煮出すと書いてあります」表では大胆だが、家に帰ると小心なのだ。「でも、そうおっしゃられると不安になってしまいます」

ポットは、怒ったように、盛大に湯気を立てている。何かがはじけるのか、パンッという音までした。千秋さんは、おずおずと、

「——この辺で、やめておきましょうか」

「そうですね」

単行本は出たけれど、しばらく雑誌の方をお休みしていた千秋さん。そろそろ、再開していただこうと、打ち合わせに来たのである。

千秋さんはクリーム色のふんわりした鍋《なべ》つかみでポットの柄を持ち、用意したカップにハーブティーを注ぐ。お揃《そろ》いの艶のある茜色。内側は白く、縁の辺りにわずかに霞がかかったように、薄紅の線が残っている。

　さて、注がれたハーブティーの色は紅茶に似ているが、いささか濁っている。香りは、どちらかといえば、いや実は——かなり薬臭い。お嬢様は首をかしげる。構わずに、

「いただきます」

「……あの、いつも紅茶では変わり映えがしないかと思いまして」

「はい」

「一月ほど前、銀座でお会いしましたでしょう。あの帰りに買いましたの。お店屋さんの前に積んであったのを。——健康にいいと書いてありました」

　こちらは微笑《ほほえ》みながら啜《すす》る。

「あの、あんまり、——おいしくありませんでしょう？」

「いや、きっと体の為《ため》になるんでしょう」

　おまけに忍耐心まで養える。千秋さんは、あわてて、カップを口に運び、栗鼠《りす》が驚いたような目をさらに大きくした。

「……わたしのいれ方が悪いんですわ」

「そんなことはありません」

　お嬢様はハーブティー、のようなものを見つめ、それから上目遣いになり、

「あの……替えましょう」

「そういう手もありますね」

その時、重いノックの音がした。お嬢様が答えると、失礼いたします、とドアが開く。叩《たた》いても落としても大丈夫、壊れたら返金保証付といった体《てい》の人物が現れる。用心棒ではない。新妻家の執事、赤沼さんである。厚い唇を動かし、

「お嬢様、お話し中、申し訳ございませんが、お客様でございます」

千秋さんは、そのお茶には毒が、といわれたような顔をした。

「わたしに⁉」

こちらもびっくりした。外に出ることはまれ、知り合いはいない、というお嬢様である。

「さようでございます。それが、お若い女の方で」

言葉はそこで途切れた。それから赤沼執事は、じろりとこちらを見た。

「——何でも、岡部様のお知り合いだそうで」

7

嫌な沈黙だった。

千秋さんは、どこでもないところを見て、それから――ゆっくりティーカップを取り上げ、《のようなもの》を、こくこくっと飲んでしまった。

「あ、あの――」

身に覚えはありません、と馬鹿な事を口走りそうになった。何がなんだか分からない。

「いかがいたしましょう」

千秋さんはカップを置き、口元だけでふわっと微笑《ほほえ》み、頷《うなず》いた。それを見て、赤沼執事は部屋に入って来る。小さな盆を持っている。乗っている四角い紙は名刺だ。千秋さんは、それを取り上げ、しばらく見つめ、

「――お通しして」

「かしこまりました」

何年か前、地下鉄の網棚に原稿を置きざりにしたことがある。終点の駅まで行って、取り戻した。一件落着するまでのその時のように、落ち着かなかった。――ドアが開き陽気な声が聞こえるまでの数分間は。

案内されて来たのは、確かにどこかで見たことのある女性だった。

ドアの向こうで目を見張ったのは、千秋さんを見て、びっくりしたのであろう。当然である。それから、ペコンと頭を下げ、

「静《しずか》でございますっ」

元気そうな唇をしている。大きめの眼鏡《めがね》。肩までの髪を分けて両方に垂らしている。白のTシャツにキュロット、濃紺のジャケット。千秋さんは二十《はたち》だが、その少し上だろう。眉のはっきりした、活発そうな人だ。

さりげなくお手伝いさんが入って来て、テーブルの茶器を補充し、去って行く。

「赤沼――」

千秋さんが、ちらりと視線を投げる。執事も恭《うやうや》しく礼をして、ドアを閉めた。侵入者はテーブルに近づくと、

「図々《ずうずう》しく参上しました」

そういって、二枚目の名刺を取り出す。出されれば、手に取ってしまう。

株式会社洋々出版
月刊『小説わるつ』編集部
静　美奈子
東京都千代田区猿楽町△丁目
TEL〇三(三二三〇)△△△△
FAX〇三(三二九二)△△△△
郵便番号　一〇一

「あ、そうか。パーティであった人だ」

文学賞授賞式には作家、関係者、勿論《もちろん》、他社の編集者も来る。世界社の主催するそういう会場で、擦《す》り寄って来た女の子だ。もっとも、こちらの男性的魅力にまいって、ではない。《覆面作家》のファンなのだという。

『小説わるつ』は『推理世界』のライバル誌である。千秋さんの最初の小説が載《の》ると、すぐに神島《かみじま》という編集部員から電話がかかって来た。こちらにも書いてくれないだろうか、という打診だった。

彼女は、その神島から、担当は岡部良介という男だ、と聞いたらしい。謎の作家はどういう人物なのかと、面と向かって迫って来たのだ。その時は、《覆面作家》は対人恐怖症なのだと説明し、作品のことだけ話して、にこやかに別れたのだが……。

彼女は胸を張り、

「今年から、『小説わるつ』に配属になりました。そこでぜひ覆面先生に、お会いしたいと思いましてっ」

千秋さんに向かって、そう挨拶した。覆面先生というのも、妙なものだ。頭巾《ずきん》でも被《かぶ》っているように聞こえる。かなり、アブない人のようだ。

それにしても、どうしてここが分かったのだろう。そこでふと、二十二、三という年格好から一つの解決を考えた。

「君、うちの末松、知ってる？」

「はい、大学の同期です」

いってみるものだ。

「知り合いなんですか」

「特に親しいというわけでもありませんが、お互いのことは知っています。希望進路が同じでしたから、就職試験の会場でも会いました」

末松が青い炎なら、この子も炎かもしれない。火のよしみで、どこかで触れ合い、情報が伝わったのだろうか。千秋さんの正体にしたところで、隠すより現れる。いつかは分かること――とは思うが、いい気持ちはしない。もっとも、それは仕事上の憤《ふん》懣《まん》というより、自分だけの宝物を人に見られた子供のそれかもしれない。

千秋さんは部屋の隅から椅子を持って来る。

「どうぞ、お座りください」

そうだ、と膝《ひざ》を打ってしまう。隣に座った二人目の客に向かい、身を乗り出し、

「いいお茶がはいったところなんですよ」

分かち合えば、楽しみは倍になる。ポットから、どくどくっと注いでさしあげた。

「恐縮です」

千秋さんは、まあ、と、いいかけ、両手で口を押さえた。そして、その手の裏から、

「あの、ポットの中に入ったままでしたから、ちょっと……苦くなっているかもしれませんん」

「いえいえ」

静さん、飲まないうちに請《う》け合って、ごくり。ややあってから、

「――これを飲んでらしたんですか」

「はあ」

「いやあ、大胆不敵な味ですねえ」

どんな味だ。千秋さん、消え入るような声で、

「おそれいります」

静さんはカップを置き、手放しで誉《ほ》め上げる。

「それにしても驚きました。あんまりお若くって、あんまり可愛《かわい》らしいお方なんで」

千秋さんは、まあ、とも、あら、ともいわず、うるんだような瞳を侵入者に向ける。

「……岡部さんに、お聞きになったんですね。この家のことを」

静さんはあっさり、

「はいっ！」

8

立ち上がってしまった。劇みたいだ。

「とんでもないっ」

「あら、しゃべっちゃいけませんでした？　すみません。それならそうと、一言いっておいてくだされば――」

駄目押しではないか。馴《な》れ馴《な》れしく話しかけるな、こちらに。罠《わな》だろうか、それにしてもいったい何のために。とにかく、千秋さんにだけは信じてもらいたい。

「誤解ですよ。誰かがもらしたんです。さもなければ――後をつけて来たんだ」

静さんは、くっと眉を寄せた。

「あら、そうまでおっしゃるんなら、わたしだっていわせていただきます。昨日、おっしゃったじゃありませんかっ」

「昨日？　おっしゃった？　何をいってるんだ、君は」

千秋さんは、さっきからずっと顔の前で合掌《がっしょう》していたが、その指の上でスパークするように目をぱちぱちさせ、いった。

「あの……岡部さん」

「は？」

「もしかしたら、お兄様が……」

思わず、ぽかんと口を開けてしまった。千秋さんは、拝むような妙な格好のまま侵入者にいった。

「……昨日、どんなことがあったんですか」

「どんなことって——。外の仕事が遅くなって、電車に乗って帰りかけたら、通ったのがたまたま岡部さんのお宅のある駅だったんです。覆面先生とは何としても連絡を取りたかったから、岡部さんの御自宅もチェックしてありました。『わるつ』に入ったという御挨拶も兼ねて、改めてお願いしておこうと思って、電車を降りました。御自宅まで行けば、少しは誠意が伝わるかと思ったんです。駅前で栗入り銅鑼《どら》焼きを買いました。住所を頼りに捜し当てて、ブザーを押したら、出ていらして——」

そうか、と、さらに口を開けてしまう。千秋さんは、ウンウン、と頷きながら聞いている。

「《『わるつ』に配属になりましたので、覆面先生と直接お会いしたいのですが》といったら、《覆面先生、ああ、新妻って子か》と名前を教えて下さり《確か、世田谷の——》と町名もおっしゃいました。大体の所と名字《みょうじ》を教えていただければ、誰にだって来られます」

ようやく開いた口を元に戻す気になって来た。末松君を疑ったのが申し訳ない。犯人は身近にいるものだ。兄貴の奴、こちらが帰った時には、もう寝ていたし、朝は早く出たから、顔を合わせていない。

「で、銅鑼焼き、受け取ったんですね」

「ええ」

確かに、今朝のテーブルには、その箱があった。兄貴の奴、焙《ほう》じ茶をいれて朝飯代わりに二つ食べたらしい。咳《せき》払いを一つして、

「あのね。その《岡部さん》、変じゃなかった？」

「変？」

「応対が、さ」

千秋さんも、組んだ手をほどき、

「岡部さん、双子のお兄様がいらっしゃるんです」

「僕が、岡部良介、世界社『推理世界』勤務。兄貴が岡部優介《ゆうすけ》、東京警視庁勤務」

今度ぽかんとするのは、静さんの番だった。

「本当、そっくりなんです」

と、まるでなだめるように千秋さん。それにしても、口を割ったのが刑事だったとは、しまらない話だ。アハハハ、と笑って、一応なごやかな雰囲気になった。笑う門《かど》には福来る、である。

「まさか家に来られるとは思いませんでしたから」来られるは尊敬ではない、受身である。

「兄貴の口封じまではしておかなかったんですよ」

「でしたら偶然、一番うまいところを突いたわけですね」

「でも」と笑いの潮《しお》が引いたところで、千秋さん。「せっかく、おいでいただいても、わたし……」

「いえいえ。今書いてくれ、すぐ書いてくれ、などと、お腹をすかした子がおやつをねだるようなことは申しません。取り敢《あ》えずはお会いできただけで満足なんです。今日は、わたくし、一ファンとしてまいりましたので」静さんは、うぶな娘をだまそうとするプレーボーイのような目で、そういい、「あ、遅れましたが、これは御挨拶の品です」

卵色の紙に包まれた箱を、テーブルの上に置いた。

「今、評判のお菓子。《パティスリー・スズミ》のサンマルクです」

「それは御丁寧に……」

このお菓子から、あんなことになろうとは、思いもよらなかった。

9

いつもの香りのいい紅茶が千秋さんの手でいれられた。踊るように白い湯気が舞う。

「やっぱり、お茶会のお茶は、これですね」

と静さん。ティーカップに砂糖を入れたように、早くも一座に溶け込んでいる。もっとも、目の前のそれはミルクも砂糖もなしである。早速、評判だというお菓子をいただくことになったからだ。

「まあ、おいしそう」

千秋さんが幸せそうな声をあげた。上はしっとりとした狐色《きつね》、そのところどころが淡く焦げたマーブル模様を見せている。用意された白い皿に置かれると、それは上下の皮の部分だと分かった。表紙、裏表紙に挟《はさ》まれた、いわば本文の部分は白とココア色の二層になっている。

「見ておいしそう、食べておいしい、んです」

と静さんが保証する。

フォークを入れる。

「いかがです」

白とココア色はクリームだった。白にはそこはかとなく柑橘《かんきつ》系のお酒がきいていて、それがうるさくならず、ほろ苦く上品なチョコレートの風味と調和していた。

千秋さんも頷き、

「クリームだけでも素敵なのに、この上下のスポンジとカラメルの加減が何ともいえませんわ」

「そうでしょう」

静さんは我がことのように嬉《うれ》しそうだ。食べながら、聞いてしまう。

「馬鹿に肩入れしますすね。この店がごひいきなんですか」

「そうなんです。――というより、この作家のファンなんです」

「作家？」

「――《パティスリー・スズミ》の鈴見《すずみ》明美《あけみ》さん。天才なんです」

「ご存じの方なんですか」

「ええ。高校時代からの親友です」

「――そんなに若い方なんですか」

こくんと頷く。千秋さんがいう。

「お菓子屋さんの、お嬢さんなんですね」

「いいえ。それが面白いんですけれど、ケーキが取り持つ縁で、スズミの二代目と結婚したんです」

「ほう」

「彼女、昔っからケーキマニアだったんです。お母さんがまめで、自家製のケーキをよく作ってくれたそうです。そんなことがきっかけだったんじゃないかな。で、高校生の頃にはバイトをしては、そのお金で東京のケーキ屋さんのハシゴをしていた」

二日酔いの時には、聞きたくない話だ。

「——ある時、持ち帰りしかない店の、これというケーキを選んで箱に入れてもらった。それが、とっても探求心をそそるケーキだったんですって。あの店では、この種類のケーキをどう扱うのか。とても待ってはいられない。外に出ると、ちょうど雨上がりの夕方。辺りに人がいないのを見澄まして、電柱の陰に隠れるようにして箱を開け、フムフム、とやっていた。誰にも見られてはいない筈だった。そうしたら、実は、脇《わき》を山の手線が轟々と走っていたのですね。運命の神様というのは粋《いき》なもので、ちょうどその電車にスズミの二代目が乗っていた。ドアのところに寄って、見るともなく、濡《ぬ》れた町並みと、紅色に染まる夕暮れ時の空などに目をやっていたら、何と——路上でケーキを食べている女子高校生。直線距離にして十メートルぐらい」

商売ものだけに、あっと思ったろう。

「それで——もしかしたら、一目ぼれですか」

「分かりませんが、とにかく強烈な印象には残ったようです」

「それからしばらくして、明美さんが、《パティスリー・スズミ》に現れたわけですね」

と、千秋さん。静さんは、そうなんですよ、と身を乗り出し、

「南青山の《パティスリー・スズミ》といえば、その道でも定評あるお店だったんです。明美さんが何度目かに行ったのが、運命の出会いの一月ぐらい後。ちょうど二代目がいたんです。《あ、あなたはしばらく前、電柱の陰でどこどこの店のシャルロット・フランボワーズを食べていたお嬢さんでしょう！》」

びっくりする。

「遠目で、そんな細かいことが分かるんですか」

「プロですもの。一目で分かるそうです」

「ははあ。で、それから、ケーキの話に花が咲いた」

「はい」

「そして――甘い仲になった」

静さんはにっこりし、

「年が大分離れていましたし、何といっても若かったから、明美さんの親御《おやご》さんはい

い顔をしなかったようです。でも、結局は二人の情熱に押し切られました。話が合い、趣味が合い、要するに生き方の合ってる二人なんですから、親だってかないません。高校を卒業するとすぐ、明美さんは二代目の、そして《パティスリー・スズミ》のお嫁さんになったんです」

「よかったですねえ」

「そうなんです」

そこで、静さんの元気そうな唇がふっと止まった。ややあって、サンマルクのひとかけを口に運ぶと、彼女は付け足した。

「……このケーキが出来るまでは」

10

こう話を運ばれたら、気にならない方がどうかしている。

「と、いいますと？」

「スズミのお義父《とう》さんというのが大変な人なんですって。今はなき幻の名門、スイスのコバ製菓学校を卒業、フランスのお店で修業。あちらで最も有名かつ権威あるシャルル・プルースト杯コンクールに出品して、パリ市杯まで貰《もら》っている。日本人にしても小柄な方なので、向こうでは余計目立つ。フランスの人達から、小さな大職人と呼ばれたそうです」

門前の小僧何とやらで、この人もお菓子のことにはうるさいようだ。それはともかく、話の方向は何となく読めた。

「気難しくて嫌な人なんだ」

静さんはぶるぶるっと首を振った。

「――全然」

「は？」

「やさしくって、物分かりがよくって、とってもいい人なんですって。明美さんのことも、すっごく大事にしてくれる。彼女の才能も見抜いて、仕事場にも最初っから入れてくれた」

「あ、じゃあ、お義母《かあ》さんだ」

「こちらも面倒見がよくって、理解がある。こんないいお嫁さんが来てくれるなんて夢みたいと喜んでいる。そして明美さんには、可愛い子供も出来た」

「じゃあ、《困ったこと》の要素なんかないじゃありませんか」

「それがそうでもないんですよ。家族が増えたこともあって、《パティスリー・スズミ》は去年、改築したんです。店の方もかなり広くなった。そこで、スズミのお義父さんがいった。《明美さん、あなたの腕はよく分かった。ひとつ、オリジナルを作ってみないかい》」

「ほう」

「何でもないことみたいですけど、実は凄《すご》いことなんです。三年以上の見習いをして、ようやく製菓学校への入学や、お菓子屋さんに就職出来るようになる、というのがあちらの相場なんですって。お義父さんは本場仕込み、技術に厳しい人だからお世辞はいわない。あなたは息子以上だと認めたことになるんです」

「なるほどねえ」

「そこで、明美さんの作ったのが、このサンマルク。素晴らしいでしょう。お持ちしたのも連想が働いたからなんです。昨日、岡部さんに——いえ、岡部さんのお兄様に、覆面先生は若い女の方だと聞きました。——若い女性で、才能ある二人の作家。ね。結び付いても不思議はないでしょう。この人、と思ったら、食いついてみたくなるのが編集者でしょう。——実は、わたしこの間までは、『わるつ』におりまして」これは女性誌。洋々出版の看板雑誌である。「友達のよしみ、じゃなくて、本当に素敵だと思ったから、明美さんのサンマルクを、取り上げてもらったんです。それが火付け役で、ブームになってしまいました。お店には行列ができます」

お菓子には、うとい。随分前に、会社の近くでピアノ型のケーキを買ったぐらいのものだ。しかし、そういわれてみれば、真美ちゃんが《サンマルク、サンマルク》といっていたような気もする。

千秋さんが、静かにいった。

「ブームは分かりましたけど、肝心の、お義父さんの評価はどうだったんです」

静さんは眉を曇らせた。

「そこなんです」

受け入れられなかったのだろうか。

「試食して《素晴らしい！》と喜んだそうです」

何だ、と思う。

「問題ないじゃありませんか」

しかし、静さんは声を落とし、

「──次の日から、お義父さんは禅寺に行ってしまいました」

「は？」

です」

「《修行しなおしてくる。そのためには、まず心を磨く》といって、出て行ったそう
「――ということは、つまり明美さんが素晴らし過ぎた。ショックだったんですね」

「そうでしょうね。わずか四、五年見習いをした小娘にこれだけのものを作られてしまったんですから」

山に籠《こも》り、おのれを磨き、上を越すものを作るというのか。それではまるで一昔前のスポ根漫画である。

「でも、――それじゃあ、明美さんがたまりませんね」

「そうなんですよ。自分のせいだと思うでしょう」

「どこに籠ったんですか」

「ご主人も奥さんも幼なじみ、元々は北茨城の出だそうです。山寺の和尚《おしょう》さんに昔っからの友達がいるそうで、そちらに行ったといいます。朝方、いきなり奥さんに向かって意志を告げた。いい出したら聞かない。身の回りのものを整えてやり、奥さんの運転で、その何トカ山《さん》何トカ寺《じ》に直行したそうです」

「へええ」

「夕方帰って来た奥さんから事情を聞いて、若夫婦はびっくり。頑固は知っているか

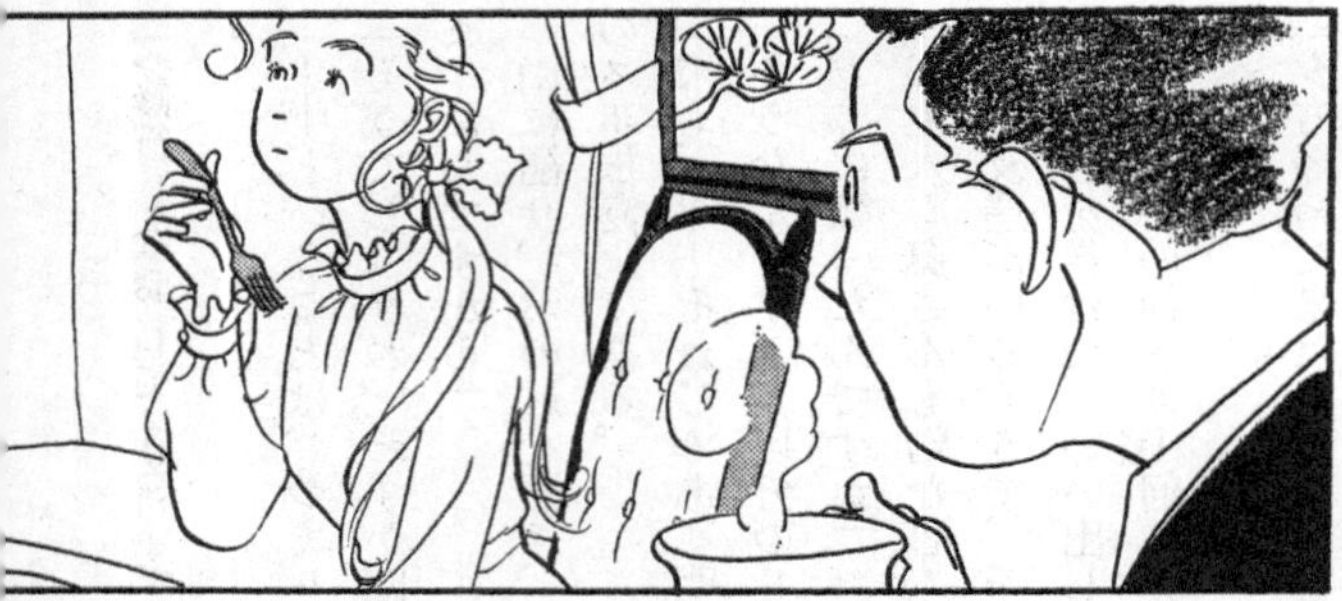

ら、しばらくはそのままそっとしておいたけれど、半年経《た》っても、まだ帰らない。おそるおそる若夫婦で出向いたら、和尚さんに《邪魔立てするな、喝《か》ーっ！》と文字通り一喝されてしまって、とぼとぼ帰ってきた。何でも、三年の修行に入ったので、終わるまでは山門を出られないそうです。時々、お義母さんが門前まで行って、必要なものを届けているといいます」

浮世ばなれした話だ。これが表沙汰《おもてざた》になったら、またお客が増えるのではなかろうか。

「才能と才能のぶつかり合いっていうのは、いろんなドラマを生むものですねえ」

多くの場合それを、見る立場からは喜劇、見られる立場からは悲劇という。置かれたケーキに口があったら、いろいろなことを語り始めるだろう。

紅茶を啜《すす》りつつ、そんな感慨にふけろうとした。

ところが、千秋さんは、銀のフォークを手にしたま

ま、こちらをじっと見ている。

「どうしました」

「……気になるんです」

「何が」

「今のお話です。……そのお店に行っては、いけないでしょうか」

11

若夫婦のどちらか、できたら二代目に会ってみたいという。

「そりゃあお友達の家ですから、何とかなるかといわれれば何とかなります。作家の方がお菓子屋さんを取材したがっているから——といえば快く受けてくれると思います」

「できたら、すぐに……」

待てしばし、のない人だ。静さんもちょっと驚いて、

「電話を貸していただけますか」

我がままお嬢さまのいうことを伝えると、いってみるもので、結構ですよ、という御返事らしい。サンマルクを食べて、他のお菓子の味見もしたくなったのか、また職人芸の秘密を聞きたいのか。いずれにしても、千秋さんの反応は驚くばかりである。

しかし実は、出掛けるのが楽しみでもある。門のところで、侵入者兼編集者に、千秋さんの豹変《ひょうへん》ぶりを見せてやるのだ。あっといって《わるつ》でも踊るかもしれない。

いつも通り玄関で待っていると、お嬢様が着替えて階段を降りて来た。

まとめた髪に被《かぶ》る帽子は、今日は白のベレーだ。同じく白のポロシャツ、細身のジャケットと活動的なパンツは砂色である。胸元には黒い紐《ひも》で木彫りらしい柳葉《やなぎば》色のペンダントを吊《つ》るしている。

緊張した様子で先に立ち、木立や石人の置物の間を抜ける。月が替わって、庭が明るくなった。花が増えたのである。

門を開けてやると、例によって、植え込みまで下がり助走の態勢に入る。静さんが、外をうかがうこちらの耳に口を寄せ、

「どうなさったんですか」

「妙ですか」

「――いささか」

にやりとし、

「本当に妙なのは、これからですよ」

その時、一陣の風が脇を駆け抜けた。

12

いつもと違うことがあった。長く続く塀の、角を曲がったところに黒塗りの外車が待たせてあった。歩くのが好き、といい、あまり車を使わない千秋さんには珍しいことだ。

座席にぽんと座ると、すぐ、

「急いでやっとくれ。場所は分かるかい」

銀縁眼鏡《ぎんぶちめがね》の田代《たしろ》運転手が律義《りちぎ》そうに答える。

「はい。《パティスリー・スズミ》でございますね。南青山《みなみあおやま》でございます」

「調べたのかい」

「いえ、それがですね。娘に頼まれまして、この間、何とかいうケーキを買いに行ったんでございます」

なるほど、売れているようだ。

「それじゃあ話が早いや」

千秋さんは後はまかせたというように、座席に身を沈める。

期せずして、両手に花という形になった。目をぱちくりさせている静さんに、そっといってやる。

「いかがです、覆面先生の人となりは？」

静さんは答えた。

「――ただ者じゃありませんね」

閑静な通りを抜ける。迷うことなく車は我々を、《スズミ》の前に運んだ。青いチョークの色をした屋根に、《パティスリー》という洒落《しゃれ》た横文字が人形の列のように並んでいた。張り出した日よけや大きな窓が、いかにもお菓子屋さんらしい。

「二階と奥が、鈴見さんの家になっています。今日は、お店のお客というより、お宅への訪問者ですから、裏手に入っていいと思います」

静さんの指示に従って細い道を入ると、車を置けるスペースがあった。田代さんには待っていてもらって、外に出た。

目の前に、《鈴見藤一郎《とういちろう》》という表札の出た玄関がある。こちらから見れば、普通の家だ。そのベルを押すより早く、中からドアが開き、年齢の割に少し額の広い、人のよさそうな人物が顔を出した。

「やあ、いらっしゃい」

静さんが進み出て、どうも勝手を申し上げて——、と挨拶し、互いを紹介する。その人が若主人の藤一《とういち》さん。してみると、《藤一郎》というのが山に籠ったお父さんだ。応接間に通される。話題の人、明美さんがお茶とケーキを持って現れた。静さんは、親友らしく、くだけて、

「秀《しゅう》クン、元気？」

子供のことだ。シュークリームから付けたのかな、などと邪推してしまう。

「元気過ぎて困ってしまうの。ちょっと目を離すと、何をするか分からなくて」

丸顔の二重瞼《ふたえまぶた》、まだ子供っぽい感じの人だ。鈴見氏と並ぶと、下手をすると親子に見えかねない。この人に、静さんのいったような特別な力があるのだろうか。話しているところを見れば、ただの新米《しんまい》お母さんである。そのまま礼をして、引っ込んだ。

「すみません。お忙しいところを」

「いや。もう後は、出来たのを売るだけですからね。女の子達だけでも大丈夫なんです。明美も暇を見て、顔を出しますし」

「お子さん、歩き出したんでしょう」

「ええ」

「そうなると、また大変ですね」

「まあそうですがね。母が、よくみてくれますから助かります」

千秋さんが、そこで、ふっと会話に割り込んだ。

「お母さん、しっかりした人なんだ」

変なことをいう。鈴見氏は、一人だけ名刺のないお嬢様に、しみじみと目をやり、

「作家の先生でしたね」

「いやあ、先生なんてもんじゃあないけどね」

確かに、その口のきき方は、先生なんてもんじゃあない。

「――で、今日はどんなことを?」

「そうねえ。まず、才能ということについて聞いちゃおうか」

鈴見氏は首をかしげる。

「といいますと?」

千秋さんは、すらりと、

「お宅の奥さん、天才なの？」

鈴見氏は、フライパンにホットケーキを落としたように、ふーっと笑みを広げ、

「そうです」

13

「最初はね、ただの、お菓子好きの女の子としか思っていなかったんです。ところが、付き合ううちに、そんなものではないと分かって来たんですよ」

千秋さんは、目をしばたたき、

「どんなことから」

「そうですね。——分かりやすい例をあげれば、ケーキひとつ食べただけで、そのレシピが作れるんです」

「そんなことってあるの？」

鈴見氏は言下《げんか》に、

「あります。熟練した菓子職人なら、誰でもある程度はいけます。しかしね、うちの

は高校生で、ほぼ完璧《かんぺき》にそれが出来たんです。舌で味わうと同時に、頭の中に組成《そせい》が立ち上がって来るんです。これは天性のものなんですよ。限られた力です。あちらで《メイユール・ウーヴリエ・ド・フランス》、つまり《最高職人》の肩書を持つような名人の中には、そういう天才が何人もいます」

千秋さんは、へええ、と、受けて、

「びっくりした？」

「驚きましたねえ。さらに一歩突っ込むと、食べなくても、頭に一つのケーキを描く、そうするとそのレシピを同時に浮かべられるんです。勿論《もちろん》、技法的な修業が足りませんから、それを形にする力は今一つです」

「そっちの方は御主人が完璧なんだ」

鈴見氏は苦笑いして、

「完璧ということはありませんがね。しかし、並の職人に負けない自信ならあります」

「だとすると理想的なコンビなんだね」

「まあそうですね。あのサンマルクにしたってそうです。——御存じですか」

「うん」

「サンマルクというのはね、わたしにとっては、どちらかといえば重くて単調で、面白みのない菓子だったわけですよ。ところが明美は《この子は、もっといい子になれる》というんです。その通りやってみると、明美が心に描いた《いい子》が出来た。スポンジの具合から何から、サンマルクという菓子の常識と違ってるんですね。たとえばね、あのスポンジには蕎麦《そば》粉が入っています」

「……ああ、そうか」

「サンマルクの本質は守って、しかも軽やかで素直な仕上がりになっています」

「フランス菓子そのままではないんだね」

鈴見氏は、我慢強い先生のような調子で、

「そうですね。しかし、工夫をするのが菓子職人なんです。——クグロフが元になってババが作られて、そのババからサバランが生まれた。それがお菓子の進歩であり、文化なんですよ。古典となるようなお菓子が出来る時には、必ずそこに、天才の創作があるんです」

術語の部分はよく分からない。ちんぷんかんぷんである。しかし、趣旨は理解できる。

「じゃあ、お父さんも喜ぶ筈なんだ」

鈴見氏は眉を寄せ、ちらりと静さんを見た。静さんはあわてて、

「事情は、その、ちょっとばかりお話ししてあります……」

千秋さんは身を乗り出し、

「嫌みじゃないんだよ。本当にそうだと思うんだ」

しばらく、鈴見氏は千秋さんの真摯《しんし》な瞳を見ていたが、やがて、

「私もそう思います。ただ、喜んだ後で、それとは別に──やる気が出てきたんでしょうね。もう還暦ですが元気いっぱい、菓子職人としてはまだまだ現役です。対抗意識に燃えたのだと思います」

「でもね、明美さんにとっても、あなたにとっても、お父さんが早く帰って来てくれるに越したことはないよね」

「それは勿論です」

そこで千秋さんは、一語一語大切に、ゆっくりといった。

「実はね、あたし、取材できたんじゃないんだ」

途中から、その辺の見当が付いたのか、鈴見氏は驚かず、硬い表情のままで聞いている。千秋さんは続ける。

「──この話を静さんに聞いて、たまらなくなっちゃったんだよ。おせっかいだって

のは、分かる。だけど、あたしを行かせてくれないか」

「どこへです」

「お父さんのいる、お寺だよ。気持ちよく連れ戻して来てあげたいんだ」

すがるように、いう。唐突《とうとつ》というよりは、理不尽《りふじん》な頼みである。しかし、鈴見氏は不快そうな様子を見せなかった。相手が、すこぶる付きの美人であるということもあるだろう。しかし、根本的には千秋さんの真面目《まじめ》さが伝わったのだと思う。

「――そんなことが出来るというんですか」

「うん、――ちょっと思いついたことがあるんだ。だからさ」

鈴見氏もまた、わけの分からない小娘をあしらう風ではなく、

「職人であるわたしとしてはね、やはり職人である鈴見藤一郎が、やむにやまれずそうするのなら」軽く息をつき、「気の済むまでやらせるべきだと思うんです。それが本当だと。でもね、おっしゃる通り、明美のことを考えると、帰って来てくれたらと思います」

そして北茨城の寺を教えてくれた。両善寺《りょうぜん》という。事の成り行きに驚いている筈なのに、『わるつ』の編集者は、すんなり状況を受け入れ、

「そこですと、常磐道《じょうばん》から降りるわけですね」

「そうなります。渓谷に沿って山に入って行きます」

はっとした。それで車を用意したのか。

「これからすぐに行くつもりなんですか」

「そうだよ。遅いと迷惑だから、高速降りた辺りで一泊する。明日、朝一で、お寺に行くよ。お寺だったら、朝は早いだろう」

鈴見氏は顎《あご》を撫《な》で、

「しかし、そのお坊さんが厳しいんですよ。面会謝絶。まるで、駆け込み寺に入った女房のような具合です」

「その人、お父さん、お母さんの幼なじみなんだろう？」

「ええ。――フランス菓子なんかを始めたから余計なんですかね、父は故郷への思い入れが人一倍なんです。故郷に友達も多いわけです」

「そうか、第一奥さん自体が、幼なじみなんだ」

「そうですよ。結婚相手も、村の娘に限るというんで仮祝言《かりしゅうげん》をあげて、フランスに単身出掛けたそうです。母の方が、よく我慢しましたよね。帰って来ても、一人前になるまでの苦労、店を持つと下働き、男のやるような力仕事までこなした。苦しい時には、ぐちの聞き役になり励ましてくれたそうです。父も、頭が上がらないと、よくいっていました。父母共に繋《つな》がりのある土地です。夏はよく出掛けたものです。今は過疎化が進んでいて、都会に出る若者が殆《ほとん》どのようですが、父母の世代の仲間は残っているようです。緑が多くて、水が綺麗《きれい》で、いいところですよ」

千秋さんは、取り敢えず風物《ふうぶつ》には関心がないらしく、

「――というと、お坊さんの他にも幼なじみがいるんだ」

「ええ。とりわけ仲がいいのが、お医者さん。それから、村長さん。この人は、もう三十年も続けて村長をやってるそうです。無風選挙区なんですね」

三人組。お坊さんに、お医者さんに村長。どこかで聞いたような取り合わせだ。千秋さんは何故《なぜ》か、大きく頷《うなず》き、

「なるほど」

14

千秋さんが、真っ先に車に乗り込む。行く先を告げられた田代さんは、早速用意の茨城ガイドブックを開く。きちんと準備が出来ている。

お嬢様は、静さんに向かい、

「昼には帰れるからさ、来てくれないかな。無理にとはいわない。でも、まったくの他人が押しかけるっていうのも妙だろう。藤一郎さんの顔見知りがいた方が、自然だからさ」

「参りますとも。わたしの友達がお世話になるんですもの。それが十分の九」

「残りの一つは？」

「覆面先生が何をなさるのか、知りたいんです。ここまで来て、興味関心を持たなかったら、人間じゃありませんわ」

「大袈裟《おおげさ》だね」

「それから、いつか、――本当にいつかでよろしいんですけど、この取材を生かしていただけたら嬉しいです」

「え」

「『わるつ』に書いて下さい。ケーキにまつわるミステリを」

きわどいところで商売をする娘だ。千秋さんは、むにゃむにゃと口を濁し、

「リョースケも来るかい？」

「――とは、お情けない」

「何？」

「行きますよ、勿論《もちろん》」
田代さんが振り返り、
「するとホテルの方は、わたしも入れさせていただいて、四人でよろしゅうございますね」
千秋さんが、ああ、という。ガイドブックを見ながら、田代さんが携帯電話で予約にかかる。

自然、そのやり取りに耳が行く。静さんもそうだったろう。その時千秋さんが、ぼんやりとつぶやいた。隣にいてさえ、聞き逃《のが》すところだった。

(……ツジン、ジケンだな、こいつは)

仰天した。もっとも上を向いても車の屋根があるばかりだ。——殺人事件！　いくつかの謎を解いているお嬢様がつぶやくと、ずしりと重い言葉になる。

「そ、そうなんですか」

千秋さんは、うるさそうにこちらを見た。

「何だ。聞こえたのか」

「え、ええ」

「しまったなあ」

静さんが好奇心の噴水のような目をして、こっちを見る。しかし名探偵は、指を立てて唇に当てる。

「黙ってな。あっちに行けば分かる。今のうちから、がたがた騒ぐなよ」

15

途中で食事。常磐道を降りて、目的地とは逆に太平洋に向かった。山側には格好のホテルがないのである。車が着いた時には、もうすっかり夜もふけていた。

千秋さんと同じホテルに泊まったなどといったら、真美ちゃんがさぞ目を丸くすることだろう。もっとも、姫の方は、疲れたと称し、すぐに部屋に入ってしまった。

屋上展望風呂につかりながら、漆《うるし》を流したように暗い海を見、手足を伸ばし、一寸先は闇か光か、とにかく人生、何があるか分からない、と考えた。思いもよらぬ事の成り行きである。

分からないといえば、千秋さんの穏やかでない一言。その通りだとしたら、大変なことである。仮に《殺人》だとしたら、被害者は誰か。いうまでもない。姿を消した小さな大職人、鈴見藤一郎氏だ。

小さな？——そうか、これだって鍵になる。藤一郎氏は、奥さんの車で北茨城に向かったという。そして彼は《日本人としても小柄》。夫人は矍鑠《かくしゃく》としているらしい。決死の力を振り絞ったら、動かぬ藤一郎氏を車に乗せるくらいは出来たろう。

いやいや、もっと気持ちの悪いことを考えるなら、商売柄重い物を運ぶワゴンがあっても不思議はない。そういうものを利用する手だってあるではないか。

そうでないとしたら……。

考えながら、風呂の中を移動する。湯の噴き出て来る口があった。手を当てると抵抗があって、くすぐったい。

さて、そうでないとしたら、どうなるか。前半の部分、つまり藤一郎氏の決意は本当。《事件》があったのは、寺に入ってから、ということもありうる。だから、和尚《おしょう》は人が来ると烈火のごとく怒る。

いずれにしても、千秋さんのいった線で考えて見ると、お坊さん、お医者さん、村長さんという組み合わせは、ぐう、ちょき、ぱあ、のごとく離れがたい三位一体《さんみいったい》に見えて来る。

死亡診断書をだすのが医者。受理する行政の長。そして葬儀を司る宗教者だ。行われた《殺人》という文字に消しゴムをかけて、《自然死》という白紙に戻せる組み合わせではないか。

そう考えると、やはりただ事とは思えない。セメントで固められた岩に頭を預け、目をつむる。沈思黙考してみよう。

……………

それにしても温泉ではない。沸かし湯というのが残念だ。山の方に入ったら温泉があったのではないか。


…………

千秋さんはどうしているだろう。広い湯船をプールにして、体を魚のように伸ばしているだろうか。いや、ああいうたちだから人中に出るのを嫌い、女湯にも行かず、部屋のバスを使っているだろう。

駄目だ！　建設的な考えが出て来ない。

春休みはとっくに過ぎたというのに、小学生の兄弟が入って来て、旅の恥はかき捨て、というように騒ぎ出した。ボーイソプラノなどというのが上等すぎる、ひたすらかん高い声と、プラスチックの桶《おけ》の打ち合わされる音が、天井に、うわんうわんと響き出したのを潮《しお》に、湯から出た。

部屋に戻って、世界社に電話を入れる。明日の出《で》が遅れることを、留守録に入れておこうと思ったのだ。ところが締め切りには、まだまだ間があるというのに、熱心なのか要領が悪いのか、末松が出た。御苦労様である。用件を伝え、ついでに静御前《ごぜん》のことを聞いた。

「ああ、噂《うわさ》は聞きました。山根《やまね》先生から」

ハードボイルドの大家である。

「何だって」

「近来まれに見る——」

「編集者か？」

「間に、二言入りました。近来まれに見る、《歌って踊れる》編集者ですって」

「何だそりゃ」

受話器を置いた途端に、ベルがなった。内線電話だった。声はいった。

「——岡部さん。お近づきのしるしに、カラオケ御一緒なさいませんか」

16

車は、朝の気持ちよく空いた道を、山へと登った。

もう少し経《た》てば、世界は新緑に包まれるであろう。だが今は、風景は前の季節の名残《ごり》をとどめ、グレーがかった小豆《あずき》色をあちらこちらに煙るように散らしている。

ややあって、地図を見るために田代さんが車を停めた。道が膨らんで、その膨らみが眺めのいい展望台のようになっている。わずかの暇に、千秋さんと静さんが外に出た。こちらもつられる。静さんは道端の一抱えほどの岩に乗り、額に手を当て、来た方角を遠望する。

三角定規を互い違いに置いたように山の稜線《りょうせん》が重なり、V字の底、はるかに青い線が見える。

静さんは、光る遠くを見つめながら、よく透《とお》る声で、

「……亡き母や海見る度《たび》に見る度に」

誰かの句らしい。

千秋さんは、黙って海を眺めていた。

静さんは岩を下りると、こちらに近づき、そっと、

「一芸に秀《ひい》でた人って洞察力があるものですね」

「何？」

「鈴見の二代目が、覆面先生の申し出をすんなり受けたじゃありませんか」

「うん」

「わたし当然、出掛けに二代目にあやまったんです。取材といったのが、嘘《うそ》だったわけですから。そうしたら二代目、《そのことはいいですよ》。続けて、《ところで、あ

フールみたいだ。わけが分からない》」

の方は妙ですね。仕上げがとんでもなく雑なのに、中身は希代《きだい》の名手が作った、プチ

「ほう」

「だから、申し出を受けたんですね。《わけが分からない》ながら、とにかく、覆面先生のことを一流の《何か》だと思ったから」

田代さんが、窓から顔を出して呼んだので、一同車に戻った。

すでにここまででも、すれ違う相手から憎悪の目で見られて来た。我々の態度様子のせいではない。細い道に外車だからである。長期低落傾向の会社の営業成績のように、これから行く道が先細らないことを祈るのみである。

渓谷に沿いキャンプ場や吊り橋の横を抜け、かなり上ったところで、車は左に折れた。木々の間を通って盆地に入る。幸いなことに、道は広がり、子供の頃、どこかで見たことのあるような、古めかしい家並みが見えて来た。

やがて、道は大きくカーブする。しかし、右手に入る小道もある。田代さんが車から降り、

「すみません、両善寺というお寺は――」

懐かしくも手拭《てぬぐい》で姉さん被《かぶ》りをしたお婆《ばあ》さんに聞く。老婆は、小道の先、舗装の切

れる辺りを指さした。柿《かき》の木がある。秋にはいっぱい実がなりそうだ。そこに白い車が一台停まっている。

田代さんは、振り返り、

「あの車のある脇から、歩いて上るそうです」

「じゃあ、降りちゃおうぜ」

といいつつ、千秋さんはもうドアを半分開け、片足を出している。

「では、その間に方向転換しておきます」

三人で進んだ。

「あら」と静さん。「東京の車だわ」

たしかに行く手に停まっていたのは、品川ナンバーの車だった。千秋さんは、不思議でもないように、すたすたと進み、杉と竹の間の坂道にかかる。

道は、細いが丁寧に石を除き、平らに均《なら》されている。垂直線ばかりの木の間を抜けると石段があった。上り切ると、その先は山門。そこに、待っている人がいた。

灰色の地に、細かく渋い色の花を散らしたワンピース。頬骨《ほおぼね》の張った、眉の強い、いかにもしっかりした感じの女性だった。

千秋さんとその人の目が合った。

お嬢様は、ぺこりと頭を下げた。その人は、深々と礼を返し、

「鈴見藤一郎の家内、節子でございます」

17

「息子から話を聞きました。これは、分かっていらっしゃるな、と思いました。それで、待たせていただきました」

鈴見夫人の後ろには、三人の男性が応援団のように立っていた。これが《幼なじみ》の仲間だろう。――とすると六十ぐらい。

江戸時代なら五十で立派に老人だったが、今はそんなことをいったら、怒られる。ただし、個人差があるのは当然で、真ん中にいる山羊鬚《やぎひげ》の人物だけは、年齢以上にふけて見える。両脇の二人は、すぐにもジョギングに走りだしそうな、元気さだ。

右の法衣の人が胸を張り、

「当山の和尚、白河《しらかわ》じゃ」

次いで、

「村長の小山田《おやまだ》です」

「医者の三室《みむろ》です」

白河和尚は、こちらから名を告げるのも、もどかしげに、節子さんを指し、

「この人が悪いんじゃない。わし達が——いや、わしが、そそのかしたんじゃ」

お坊さんといっても、髪のある人もいるが、これは磨いたよう。形のいい頭だ。顔も血色がいい。

似合わない山羊鬚を生やした貧相な人物が、か細い声で、

「いや、村で起こったことは何でも村長の責任だ」

多選を繰り返す村長とは思えない。若い頃、無理にも貫禄《かんろく》を出そうと、年齢以上に振る舞い、そのつけが来たのだろうか。

目玉のぎょろりとした残りの一人が、ぎゅっと締めたネクタイに片手をやりながら、

「へっ、節ちゃんの前だからって、格好つけるない。何だよ、それは。俺達、皆《みん》な同罪じゃあないか、抜け駆けはいけないよ」

とんでもないことになって来た。口ぶりからすると、やはり、この村の実力者三人が示し合わせて犯行に及んだらしい。しかし、それにしても、殺人という大罪を犯して逃げ隠れしないというのも珍しい。

だが、次の名探偵の行動はまったく意外なものだった。

千秋さんは、子供がお菓子を取り合うように、罪の引き請《う》け合いをする三人の老人を見て、にっこりと微笑《ほほえ》んだ。それから、たまりかねたように、まず、お坊さんに抱きついた。

「わ、こりゃあ――」

いきなり美しい人に抱かれた和尚は、年齢に似合わず、赤ら顔に一層血を上らせた。

千秋さんは、子猫が日だまりで母親にじゃれるように、頬《ほお》を法衣に擦《す》り、

「いい人だね。あんた達って本当にいい人だね」

次にお嬢様は、山羊鬚村長の細い体を抱き締めた。村長は、くー、という奇妙な声を上げた。三つ揃《ぞろ》いを着たお医者は、呆然《ぼうぜん》としてそれを見ていたが、ううっ、と顔を天に振り上げた。そのぎょろんとした鯰《なまず》のような目に、何と涙が滲《にじ》んでいた。

「どうしたの」

そっと、古めかしい、防虫剤の匂う背広を抱いた千秋さんが聞いた。

「ば、馬鹿もん、わしは涙もろいんだ。この小娘は、な、何をするんじゃ」

鈴見夫人は俯《うつむ》く。

わけが分からない。

18

一同、山門をくぐり、方丈《ほうじょう》に入って腰を下ろす。人払いしてあるから、といい、和尚さんが手ずから、お茶をいれ、不揃いの茶碗《ちゃわん》でふるまってくれた。

古い建物らしいが作りがしっかりしていて、曲がったところはない。高い天井近くにエアコンが付いているのが現代である。

くすんだ畳に、真っ白なパンツの膝《ひざ》を折って、きちんと正座した千秋さんが、口を開いた。

「やっぱり、御主人は——」

鈴見夫人は、小さく頷いた。

白河和尚が、目を閉じ、

「わし達で、手厚く葬ってやった」

静さんの目が丸くなる。

「ど、どういうことなんです」

「お父さんの行動が、どうにも不自然だろう。おかしいなと思ったんだ。何もいわずに飛び出すなんて当てつけがましい。何もいえなかったんなら話は分かる。そうだろう。鈴見の御主人は、家を出た、という時には亡くなっていたんだよ。奥さんが、それを隠して御主人の体をこちらに運んだんだ」

「…………？」

静さんは、もう疑問の言葉すらなかった。鈴見夫人は冷静にいった。

「朝方、気が付いた時には、まったく息がありませんでした。あわててはいけないと、自分を叱《しか》り、まず、三室先生にお電話いたしました」

「議論の余地はなかったよ。もう事切《こときれ》れておる。どこの病院に運んでも無駄だ」

医師は首を横に振った。

「そこで、何よりも店を大事にしていた夫が、今どうしてほしいのかを考えました。相談したところ、こちらのお三人が連絡をとって下さり、すぐに両善寺に連れてこいとおっしゃってくださいました。……そして、こういうお芝居が続くことになったのです」

待てよ。《殺人事件》はどうしたのだ。何より、なぜそんなことをするのだ。静さんも表情で《どうして？》と叫んだ。

千秋さんが、なだめるような顔になり、

「鈴見さんは、前の日まで元気だったんだよ。少なくとも、後十年は現役でばりばり働くつもりだったろう。それが突然こうなった。――いいかい。家は建て替えたばかり。《パティスリー・スズミ》は新装したばかり。赤ちゃんは生まれたばかり――」

「そ、それが？」

「あたしだって、細かいことはよく分からないけどさあ、近頃の新聞に出てるじゃないか。――今、東京で土地持ってる人に亡くなられたら、相続税なんか払えない、東京から出て行くしかないってさあ」

「あ」

白河和尚は、ぐっと顔を上げ、

「藤一郎は、今一番生きていたかった筈じゃ。だから、わし達で生かしてやったんじゃ。お上《かみ》をだますのはよくない。そんなことは分かっとる。だが、あいつの夢が消え、あいつの子供や孫が、そして節ちゃんが苦しむのは、わしら見たくも考えたくもないんじゃ。わしらがやった。いや、わしらと藤一郎の四人でやったんじゃ」

鈴見夫人は、その後をそっと引き取り、

「時期が悪すぎたのです。店を建て替えるのに一億八千万ほどかかりました。貯金もはたいて、融資も受けました。当分はその返済で手一杯です。その上に三億近い税金は、どうしても無理なのです」

「――三億？」

今度は、静さんだけでなく、二人でいってしまった。計算の桁《けた》が違い過ぎる。

「あの土地って、いったいいくらするんです？」

「わたしには到底《とうてい》信じられませんが、路線価で四十五億ぐらいだといいます。親戚《しんせき》が亡くなって、終戦の頃に鈴見に譲られたものです」

「よ、四十五億！」

「はい、景気のいい時でしたら、土地そのものを売って払い、田舎に引っ込むという手があったでしょう。でも、この不況ですから買い手もない。あったとしても買い叩かれ、驚く程の安値。それでも相続税の方は路線価で計算されてしまいます。とにかく税金を払うために損を承知で土地を売れば、今度はお金が入ったということで、大変な――所得税まで取られてしまいます」

「なるほど」

至れり尽くせりである。丸裸になって借金を抱えることにもなりそうだ。

千秋さんが、顔をしかめて、

「それにさあ、どこかに行くっていっても、《スズミ》のお店は、ずっとあそこでやって来たんだろう」

「そうなんです。《南青山のスズミ》というのが、もううちにとっての財産なんです。――その舞台で、息子達を活躍させてやりたかったんです。あの人の灯《とも》した火は消したくなかった。孫にも《パティスリー・スズミ》を見せてやりたかったんです」

わけは分かった。しかし納得できないことはある。千秋さんに耳打ちしてみた。

「……どこが《殺人事件》なんです」

「え？」

「いったでしょう、車の中で《殺人……》」

「何だ、聞き間違いだよ。活動の《活》、活かすの《活》」

「あ、お亡くなりになった人を、逆に《活かした》――」

「そう、いってみりゃあ《活人事件》だな、と、そう思ったわけさ」

『ケーキ活人事件』か。本の題にはなりそうもない。そこで、今度は三人組に聞いてみた。

「《修行期間》の三年間が経ったら、どうなさるおつもりだったんです」

「死亡診断書を書くよ」とお医者さん。

「わしが受理する」と、山羊鬚《やぎひげ》村長。「――それまでには、新しい店も何とか軌道に乗るだろう。藤一郎の息子と、あいつが見込んだ娘だ。出来るに決まってる。融資の返済も進んでいるだろう。それからなら、税金だって何とかなる。分割で納めるんなら出来るかもしれん。それになあ――」村長は、情けないような髭をいじりながら、「今の東京は、土地の評価額と実際の値が違い過ぎるだろう。三年経てば事情も変わる。世間が騒げば、法律の手直しだって、あるに決まってる」

「はあ」

と、感心して声を上げたら、村長曰《いわ》く、

「先を見越して、最善の手を打つ。これが政治というもんだよ」

千秋さんがそこでいった。

「でも、あたし達が、こうして来ちまった。秘密がもう秘密でなくなっちまった。てえことはさ、潮時《しおどき》なんだよね。やっぱり不自然なことを続けると無理が来る。どっかからひび割れする。取り返しがつかなくなる前にやめるのが一番だよ」

鈴見夫人が答えた。

「はい。幸い、新しい《スズミ》も順調です。出て行くにしたところで、あの子達には掛け替えのない自信になったことでしょう」

「……でも」

「主人だって、最初にあったのは、若者らしい傲慢《ごうまん》な自信だけでした。他には何もない。そういうところから始めたのですから」

笛を震わせて吹くような声で、鳥が鳴いた。山の鳥である。

「秀クンも大変ですね」

孫のことをいわれ、鈴見夫人は初めて目を伏せた。静さんは、そんな夫人を見つめた。それから、首を振り振り、憂いの色も濃く、嘆息した。

「いっくらなんだって、三億からのお金を、当分の間、無利子で貸してくれるような、――そんな酔狂《すいきょう》な人がいるわけありませんしねえ」

鳥の飛び立つ羽音がした。千秋さんが、外の日差しを見やりながら、ことんといった。

「――いるよ」

※ケーキについては、菓子愛好家の村山直子さん、ケーキ愛好家の熊崎俊太郎さん、鈴木良枝さん、「西洋菓子処ふらんどーる」の結城文憲・昭子御夫妻にご協力いただきました。御礼申し上げます。

覆面作家と溶ける男

1

北陸の田んぼが干上《ひあ》がっているというニュースが流れた。世界社の青い炎、末松《すえまつ》は動ぜず、

「ま、稲というのは、やわやわとしていても案外強いもんです。雨の時期まで待てば、不死鳥のごとく頭を持ち上げることでしょう」

などと、若さに似合わず、古老《ころう》のような口ぶりでいった。ちなみに彼は、東北の米所《こめどころ》の出身だ。

この春の異動で替わった新編集長は、山登りが趣味だという。その割には、愛嬌《あいきょう》のある太り方をしている。しかし健脚であることは確からしい。

「岡部《おかべ》君」

と、話に割り込み、

「はい」

「雨と共に『推理世界』の部数の方も、頭をもたげたいもんだねえ」

「はあ」

「安達《あだち》、宮前《みやまえ》の二百枚が二本並ぶ。これだけでインパクトが強い。その揃《そろ》い踏《ぶ》みを強調しようじゃないか。対談してもらって、そいつをトップに持って来よう」

安達行彦《ゆきひこ》と宮前みつ子という、二大若手人気作家の、しかもかなり出来のいい中編がもらえたのである。編集長も、はりきっている。確かに、この二人にみっちり語り合ってもらえたら面白い。聞きたいことも山ほどある。

忙しい二人であり、その上、安達先生の方は関西在住である。日程やら場所やらの調整をしている内に、乾いた田んぼが口を開けて待っていた梅雨入りの声が聞かれ出した。

かき曇った空に櫛《くし》の歯を挽《ひ》いたような雨。写真で見たら、冬のような天気がしばらく続いた。しかし、見ると暮らすでは大違い。沈んだ風景の中に立つと、じっとりと汗ばみ、駅の階段などで前を行くダークグレーや濃紺の背広の群れを見ると、《うわあ、やめてくれえ》と叫び出したくなるほど、うっとうしい。

ミステリ界の貴公子と姫の対談が行われたのは、そんな六月の午後だった。

2

神楽坂《かぐらざか》の鳥料理の店で、時間をたっぷりとって話してもらった。

はずんだやり取りも一段落し、デザートのメロンも何度かスプーンが入り、地球儀を分解したような薄い舟形となってしまった。

ありがとうございました、と頭を下げてから、

「では、近くのカラオケの店を押さえてありますので――」

といったのは、二人が、人も知るその道の大家だからである。カラオケ好きなら、どこにでもいる。うちの社にも、歌い出したら止まらない、朝までマイクを離さない、始発で家に帰ってシャワーを浴びて出勤するという奴がいる。しかし、両先生は好きなだけではない。うまい。レパートリーもおそろしく広い。

「いや、宮前さんと歌うのが楽しみで、東京まで来たんだものね」

赤白青黄で浮かぶ、カ・ラ・オ・ケの文字を見ると、安達先生は、はや、こぶしを口の前で握りポーズをとる。

取ってあるのは五階奥の部屋だ。エレベーターを降りると左手に、五月人形をしま

い忘れたように緋縅《ひおどし》の鎧《よろい》が置いてある。よく分からないセンスだ。始まるのが歌合戦だからかもしれない。御両人とも見事にその火ぶたを切った。プロローグなしで山場に入り、それが果てしなく続いた。

安達先生は、クールファイブの前川清から、玉置浩二、徳永英明、谷村新司等々。眼を閉じて、立って歌う。

こちらは引き立て役に一曲歌い、後は、一緒に来ていた末松と真美《まみ》ちゃんにまかせ、聞き役に回った。真美ちゃんは、かなりうまく歌い、息をのんで拝聴し、全身全霊を挙げて拍手するので座が盛り上がる。

広い窓の、上の縁を、鬼灯《ほおずき》色の豆電球が点々と弧を描いて飾っている。外には雨の底に沈むビルがどこまでも続いている。残業が終わったのか、遠くのビルの一つの階の明かりが消えた。

その時、虫が知らせた。理屈ではない。何かが、ごく間近で起こっているように思えたのである。

「どうしたの、岡部さん」

と宮前先生。

「あ、いえ」

落ち着かなくなった。

円錐形《えんすいけい》に落ちる照明の中を、煙草《タバコ》の煙がふわふわと舞い、ウィスキーやウーロン茶、ビールのコップが光った。

歌姫と呼ばれる宮前先生の声は、ハスキーではない。あくまでも澄み、ストレートによく伸びる。その声で、マドンナから和ものまでを聞かせる。しみじみとした曲の後に、突然、『パイナップル・プリンセス』。肩でリズムを取りつつ胸に手など当てて歌い出す。——これがまた絶品であった。

最高っ！　という歓声に唱和し、思わず上半身が踊り出す。その内に、胸騒ぎを忘れてしまった。

3

踊り。

そうなのだ。胸騒ぎの原因は踊りだったのだ。きっと、特別な人が踊ると、不思議な電波が流れるに違いない。

いよいよ盛り上がる部屋から、電話を一本かけに外に出た。真っすぐ続く廊下は、真夜中の会社にいるように寒々としている。

壁のプレートに、百合の花と《5》という数字の刻まれた部屋の前まで来た。盆踊りに対抗できそうな元気な曲がかかっている。

純白のドアには、上から下まで見通せる大きな窓が開いている。

何げなしにちらりと見たところで、ビデオでいうなら静止画像になってしまった。驚いた。古代人にテレビを見せたら、これぐらいびっくりするだろう。

ドアに開けられた長方形の画面の奥では、二人の若い女性が部屋の狭さを物ともせず、元気いっぱいに踊っていた。あちらはビデオの早送りのようだ。

すぐに分かる。ピンクレディーである。仮にもれて来る音がなくても、動きを見るだけで十分だ。片足がひょいと上がり、片手が伸ばされる。

――魔球は、魔球は、ハリケーン！

左側の《一人》が踊るのは、いい。

あれは忘れもしない、わが『推理世界』のライバル誌、洋々出版『小説わるつ』の編集者、略して『小わる』の静《しず》さんである。この春、ひょんなことから同じ自動車に乗り茨城の山の中まで出掛けた相手だ。

あの人が、こうするのは、アライグマが清流で食べ物を洗うように自然なことだ。

末松によれば、彼女は人呼んで《歌って踊れる編集者》。――つい歌い、つい踊ってしまうのがその習性らしい。

問題は、彼女がペアを結成した相手である。

形のいい喉《のど》の線を見せ、頭をぐっと後ろにそらせても、魔法のように落ちない帽子は茜《あかね》色の地が多いタータンチェック。上は細かいギンガムチェックのシャツを着ている。よく動く脚を覆っているのは、藍《あい》色のフレアパンツ。

そのシルエットを見ただけで明白だが、こちらを向けば、これはもう、そこが光り輝いている。静止が解け、思わず、一歩踏み出し、硝子《ガラス》に額を当ててしまった。

「千《ち》秋《あき》さん……」

口走ったところで、曲が終わった。窓に張り付いている男が、異様に見えないわけがない、静御前《ごぜん》は、はて、と、こちらを向いた。照明で眼鏡《めがね》がきらりと光る。有り難いことに悲鳴は上がらず、《あら》という口になった。分かったらしい。

すぐにドアに向かい、カチャリと開けてくれる。軽く息をつきながら、

「これは岡部さん。奇遇ですねえ」

「お久しぶりです。こちらは対談の流れなんですが、そちらは――」

中を覗《のぞ》くと、千秋さんは、ゆったりとしたシャツの袖口《そでぐち》を中指薬指小指の先で押さ

え、観音開きの戸を開くように、腕を左右に広げる。女の子が晴れ着でも着たようだ。

そして、嬉《うれ》しくはずんだ声で、

「――リョースケ」

上気した頰《ほお》が、ほんのりと桜色になっている。陽気のせいではない。静さんは、にこりとして、

「ちょっとばかり強引に、接待させていただいてます」

「――飲ませたんですか」

抗議するような口調になっていたのだろう。静さんは心外だという顔をする。

「あら、ほんのおしるしに、水割をちょっぴりおなめになったんです。それだけですわ」

「弱いんですよ、この人。ビール一杯で足がふらつくんだから」

千秋さん、フレアパンツのポケットに、ぐっと手を突っ込み、背筋を伸ばす。

「誰が弱いって？」

「いや、何でもありませんよ。――その上に踊ってたら、余計、回るでしょうが」

静さんは、はっきりした眉《まゆ》を片方だけ上げ、

「岡部さん、覆面先生の保護者ですか」

「いや、そういうわけじゃあないけれど。……担当だから」

「そうだっ」

静さんは、いきなりポンと手を拍《う》ち、椅子《いす》の上のバッグを取り、中から封筒を抜き出そうとする。

「何ですか」

「写真です。——いやあ、どっかでお会いするような気がしていたんですよ。わたしって予知能力があるみたい。早速の御対面、間《ま》がいいったらないわ」

と、渡す。

「あの、茨城の時の？　写真なんか撮《と》っていましたっけ？」

「いえいえ」と顔の前で手を振り、「上野《うえの》ですよ。西郷さんの前」

「は？」

たまりかねて封筒の中身を振り出すと、三葉のサービス判の写真。写っているのは、どう見ても、公園でのんびりと休日を過ごすご家族連れ。一枚は静さんと小学校低学年の男の子である。静さんの眉ははっきりとしているが、この子のは細く長い。眼も何となく眠そうだ。

「可愛《かわい》いですね」

「どちらが?」

「――いえ、二人とも」

静さんは、大きく頷《うなず》き、

「前以《もっ》て申し上げておきますが、そのおチビさん、わたしの子供じゃありませんよ」

「はあ」

「小学二年生。十五で姉《ねえ》やは嫁に行き――ぐらいでないと、そこまで育った子は持てません。わたし、若いですから。というわけで、甥《おい》です。ほしいものを買ってやらないと、満座の中で《おかあちゃーん》と叫ぶ、ワルイ奴です」

説明を聞きながら、一枚めくる。

静さんは覗き込みながら、

「――またまた、いっておきますが、そちらの方、わたしの亭主じゃありませんよ」

絶句した。子供を挟《はさ》んで、静さんと並び、直立不動の姿勢をとっているのは《自分》だった。

静さんは、こちらの当惑を楽しむように、手をすり合わせつつ、

「《亭主と子供》っていった方が、よかったかしら」

その声に、ぶるぶるっと頭を振ってしまう。そして、

「どうしてまた、兄貴が――」

運命の悪戯《いたずら》で、顔の同じ人間がもう一人いる身だ。双子の兄貴がいる。岡部優介《ゆうすけ》。警視庁の刑事である。

静さんと家族ごっこをした覚えはない。となれば、答は一つ。写っているのは兄貴なのだ。

相手は、じらす。

「何故《なぜ》かは、お兄様にお聞きになってください。写真と一緒に《はてな》も、おみやげになりますよ」

これ以上、食い下がっても無駄なようだ。そうするしかないだろう。

「――それより、覆面先生ったら筋がいいんです。びっくりしました」

「振り付けですか」

千秋さんの運動神経は、並のものではない。

「ええ。覚えがいいし、思いっきりがいいから、組んで踊ると、とっても気持ちがいいんです。ご一緒なさいますか」

「いや。ぼくは仕事がありますから」たとえば今『ペッパー警部』を踊れといわれても自信はない。千秋さんは、いつの間にか、つまらなそうに椅子に座っている。「―

――だけど、よくピンクレディー知ってますね。静さんだと、世代的に合わないんじゃあないですか」

　ちっちっち、と指を振り、

「そりゃあ甘いですよ。わたし、物心ついた時には姉と一緒に、ピンクレディー太鼓を叩《たた》いて踊っていたんですから」

　どんな太鼓だ。

「それに、接待で来ることが殆《ほとん》どでしょう。となると、踊るにはこれが一番なんです。持って来い」

「ははあ、お客さんが知ってるんだ」

「そうそう。受けなきゃ意味ありませんもの」

　静さんは、にこやかな顔を千秋さんに向け、

「覆面先生、もう一曲、御一緒しましょうよ。何かリクエストはありませんか」

　千秋さんは、いささか、とろんとしかけた瞳《ひとみ》をしばたたき、

「踊るのかい？」

「ええ」

「何でもある？」

「はいっ、何でも」

「だったら」と、手を動かしながら、「――《森の木陰でドンジャラホイ》」

静さんは、はたと困った。

「――それは、ないでしょう」

4

兄貴は帰らなかった。仕事らしいが、あんな写真を見せられた後だけに、妙に気になる。まるで年頃の娘を抱《かか》えた親のようだ。そういえば、このところ馬鹿に暗い顔をしていた。一身上の悩みを抱えているのかもしれない。

しばらく続いた雨も翌日にはあがり、雲の間から青空が、珍しく顔を覗《のぞ》かせた。

会社に電話を一本入れて、千秋さんのところによって行くことにした。ライバル社の編集者と、どんな話があったのか、やはり気になる。

緑に囲まれた新妻《にいづま》邸は、光の中で輪郭をはっきり見せている。渡る風こそ、さわやかとはいえぬ湿気を含んだものだが、木々は生まれたばかりのように新鮮に見える。沈んだ空が続く梅雨時には、こんな日差しが、思い掛けなく受けた好意のように、輝いて感じられる。

「いらっしゃいませ」

しかし、執事の赤沼《あかぬま》さんは無骨《ぶこつ》な口をゆがめていた。

「どうしました」

「お嬢様が、うつむいていらして――」

「ほう」

「おしゃべりにならないのです。二、三度、理由をお聞きしますと、ワープロで、カタカタカタと、漢字を四字だけお打ちになりました」

「何と？」

「――自己嫌悪」

昨日は、あのまま別れたが、一体、どういうことになったのだろう。

とにかく、会ってはくれるようだ。重厚な階段を上り、しんとした廊下を抜けて、お嬢様の部屋の前に立つ。赤沼執事は、そこで下がった。

――森の木陰でドンジャラホイ。

口の中でつぶやきつつ、ノックをする。か細い声で、

「どうぞ」

中に入る。お嬢様は、カーテンの陰に隠れているかと思ったが、そうでもなかった。ちゃんとお茶の支度をしている。

トルコブルーのふわりとしたドレスである。胸元で結んだ同色の布が、柔らかに膝《ひざ》の辺りまで下りている。お嬢様の動きと共に、波打つように、ゆったりとしたひだが揺れる。

千秋さんは、黙ってポットに向かっている。

見回すと、飾り暖炉の上に観葉植物が置いてあった。この国では、どんな時でも、自然の話題から入るのが無難である。その鉢に忍びよる。赤紫の葉は、先に行くと茄《な》子紺《すこん》に近いような色にとって替わられる。

「面白い葉ですね」

千秋さんは、手を止めて、

「あ……、コリウスといいます」

「そうですか」と顔を近づけ、「柴漬《しばづ》けみたいですね」

「まあ」

くすっ、と笑った。よし、これで大丈夫と、つい調子に乗って、向き直り、

「――シャンシャン手拍子《てびょうし》足拍子」

あっ、と、きゃっ、の間のような可憐《かれん》な声を上げて、お嬢様は顔を覆ってしまった。

5

涼やかな水色のカップに紅茶が入った。細かい葉のお茶で、レモンによく合うという。香りがいい。

「どうして羞《は》ずかしいんですか」

「人前で踊ったことなんてありませんでしたから。——理屈じゃなくって、何だかとっても羞ずかしいんです。それに、よく覚えていませんけれど、わたし、羽目をはずしたかもしれないんです」

「といいますと？」

「……静さんが、タクシーで家まで送ってくれたんです」

「ははあ」

あの人は、まだ、電話一本入れれば、いつどこでも田代《たしろ》さんが迎えに来てくれることを知らないのだ。

「それで、迎えに出た者の話だと、……車の中で踊っていて、降ろすのに困ったそうなんです」

「どうやって踊るんです」

見てみたいものだ。お嬢様は、首をすくめた。

「わたしにも分かりません。お別れした後の記憶がないんです」

「やっぱり、アルコールは駄目なんですね」

この前の夏、ひょんなことからわが家に来た時は、缶ビール一杯でふらふらしていたっけ。

「そのようです。気をつけます。紅茶に落とすブランデーぐらいにしておきます」

頭を下げた。こちらに謝られても仕方がない。

「あの日は、何だったんですか」

「はい。前の日、静さんがいらしたんです。それで雑談になりました。小説のことを、いろいろ教えていただきました。それからお芝居の話になりました。そうしたら、静さんが、わたしをじっとお見つめになって、《面白い舞台があるから観《み》に行こう》とおっしゃったんです」

「ああ、それで出掛けたんですね」

「はい。何でも、シェークスピアの演出で有名な方のお芝居だそうです。『ハムレッ

ト』なんですけれど、そのハムレットが舞台に二人出て来るんです」

それなら新聞の劇評で読んだ記憶があった。なるほど、千秋さんの顔を見て、思い出しそうな舞台だ。

「主人公の二面性を表現しているんですね」

「ええ、能動的なハムレットと消極的なハムレットが出て来るんです。衣装もメイクも同じ。それが途中で台詞《せりふ》を替わったり、二重唱したり、邪魔をしたりするんです」

「いかがでした」

「面白かったんです。でも何だか、変な気持ちでした」

千秋さんが見たら、そうかもしれない。お嬢様はクッキーを一つ手にし、そこで、

「そうそう、鈴見《すずみ》さんのお店の話もうかがいました」

春先の《事件》のことだ。あれも犯罪であり、露見《ろけん》したら大変なことになる筈《はず》だ。しかし、ことはお母さん一人の胸にしまわれた。鈴見の若夫婦は、それを知らない。葬儀は藤一郎《とういちろう》氏の故郷の寺で、しめやかに行われた。

「《パティスリー・スズミ》も、順調なようですね」

この間も、たまたまつけたテレビで、《スズミ》を紹介していた。行列のできるお店だという。

「そうなんです。そこで、鈴見の若奥様が考えたんですって。お客様に、わたし達らしい御礼がしたいって」

「ほう」

「お店に紙を張り出しました。《実費でウェディング・ケーキを作ってみませんか。お手伝いします》」

「なるほど」

「条件は、必ず新郎新婦が一緒に作業すること。申し込みが三組で、仕上げたのが、もう二組だそうです。《スズミ》のお店が閉まってから裏の工場で二時間ぐらいずつ、三回来てもらうと完成なんですって」

「スポンジなんかは、出来てるんでしょう？」

「それを二人でやってもらうんです。一緒に練るんですよ。だから、いいんです。ただし、クリームの方は難しいから作ってあげるそうです」

　楽しそうに笑う。

「どうしたんです」

「いえ、そういう人達が皆《みん》な、似ているんですって」

「といいますと」

「新郎がやさしそうで、細工《さいく》をすると決まって、新婦より器用なんですって」

「へえ」

「最初の組は、男の人が郵便局の人で、女の人が保育士さん。ケーキの上に、二と1の」と、千秋さんは宙に指を動かし、「郵便局のマークが入って、小さな子供達が座っているんですって」

「楽しそうですねえ」

本当に、と千秋さんは大きな目を細め、白い歯でサクリとクッキーをかみ、

「今度、御一緒してみたいですね、——鈴見さんのお店に」

紅茶にむせてしまった。

「あら、大変。どうかなさいました」

まったく他意はないようである。

6

静さんから貰《もら》った《はてな》を、兄貴にぶつけられたのは、その日の夜だった。

汗をかいた缶ビールを前に置き、硬い冷《ひ》や奴《やっこ》をつついていた。雨に耳を傾けている

と、それに混じって、門の開く音、玄関の戸の動く音。そして兄貴が、ふうーっと姿を現した。

「……気楽そうだな」

御挨拶《あいさつ》だ。

「そうでもないよ」

と、一応は口答えしたが、それ以上突っ込むのも気が引けた。まるで、徹夜の校正が続いた時の自分を鏡に映して見るようだった。不精髭《ぶしょうひげ》を生やし、濡《ぬ》れた肩をがくんと落とし、眼がうつろである。

「風呂《ふろ》、わいてるか」

「ああ」

だるそうに着ているものを脱ぎながら、やはり、ふうーっと風呂の方に行ってしまった。

疲れている。武士の情けで、面倒なことはいわず、すんなり寝かしてやろうかとも思ったが、好奇心には勝てない。

しわだらけのパジャマに着替えて椅子《いす》に座った兄貴の前に、冷や奴を出し、パックの削《けず》り節《ぶし》をパラパラとふりかけてやった。醬油《しょうゆ》をかけると、削り節が悶《もだ》えるように縮む。

「サービスがいいな」

「まあね」

　ビールも入り、多少はくつろいだところで、頃合いはよし、と例の写真を取り出した。

「何だ」

「聞きたいのは、こっちだぜ」

　兄貴は写真を取り上げ、張り合いがないくらいにあっさりと、

「ああ、あれか、あの元気な人か」

「静――」

「いや、静かじゃなかった」

「そうじゃあない。静って名前なんだ」

「そうか」兄貴はしみじみと写真の顔を見る。

「――お前の会社の娘《こ》だったな」

「違うよ」

「ほ？　おかしいな。何か、雑誌をやってるって話だったぞ」

よく分かっていない。出版社はどこも同じだと思っているのだろうか。こんなに大ざっぱで、よく刑事が勤まるものだ。

「とにかく、その静さんと、どうしてこんな写真におさまってるんだ」

「呼び止められたんだよ」

「上野公園で？」

「そうだ。こっちは聞き込みを終えて帰るところだった。いきなり、《岡部さーん》といわれたから、びっくりしたよ。見たら、いつか家に来た娘だろう。挨拶したら、《シャッター押してくれませんかー》。職務中の刑事に何を頼むんだ、と、むっとして――」

「押してやったんだろう」

「そうだ。――なかなか美人じゃないか、あの娘」

「箸《はし》を向けるなよ、こっちに」

「すまん」

7

「で？」

「そうしたら、今度は《一緒に入りませんか》と来た」

「入ったんだ」

「うむ」豆腐を食べつつ、写真を見返し、「物的証拠があるからな。否認したって通らんだろう」

「そりゃあそうだ。――結局、また誰かが、静さんにつかまってシャッターを押すことになったんだ」

「ああ、髭《ひげ》のおじさんが撮《と》ってくれた」

秘密というのは表に出たら色を失う。聞いてみれば、何ともつまらない話だ。

「向こうは、いつ、兄貴だと気がついたんだ」

「そうさな。撮り終えた後、お寺がどうの、ケーキがどうの、としゃべり出したから、こりゃあB面と間違えてるなと思った」

「何で俺《おれ》がB面なんだよ」

取り合ってくれない。

「《いや、わたしは出来のいい兄貴の方なんです》といったら、《まあ》と感心して、しばらく顔を見ていた」

「そりゃあ、見るだろうな」

「そのうち、子供がじれて騒ぎだした。それで、別れた」

「なーんだ」

一件落着、と思って、両手を上に挙げ伸びをした。手を下ろしたら、兄貴が、一瞬前とは違った熱心さで、写真をまじまじと見ている。

「どうしたんだ」

「いや。この子供……」

「甥《おい》っ子だっていってたな。親が出掛けるんで、相手を頼まれたんだろう」

「そんなことはどうでもいい――」と妙にきつい目付きになった。「おい、この娘にいつ会った」

「昨日だけど」

「その時には、何もいってなかったんだな、この子に変わったことはなかったんだな？」

畳み掛けるようにいう。たじたじとなって、

「ああ。別に、何も。――急に一体、どうしたんだよ」

兄貴は憑《つ》き物が落ちたように、ふっと笑い、

「そうだな。そんな偶然てあるわけないよな。……この子は男だし」

どうかしてるな、俺も――、といって、ビールをコップに半分残したまま、いきなり立ち上がり歯を磨き出してしまった。雰囲気がいつもと違うので、黙って寝かせてやった。

こちらも自分の部屋に引っ込み、万年床にもぐりこんだ。雨音がおさまったと思ったら、今度は猫がどこかで、しつこく鳴き出した。猫だと分かっていても、老婆の叫び声のようで気味が悪い。

いっそ、外に出て懐中電灯の明かりでも投げかけてやろうか。いやいや、こちらは屋根の下。あちらは濡れた外。野良猫暮らしも楽ではあるまい。愚痴《ぐち》ぐらいはいわせてやろう――などと思っているうちに、とろとろと眠ってしまった。

「おい……」

狸寝入《たぬきねい》りは、ゆすられてもしばらく起きないという。こっちは本当に寝ていたから、飛び起きた。

「何だよ」

黒い影になっているのは、勿論《もちろん》、兄貴である。影は頭を下げた。

「ひとつ、頼まれてくれ」

8

仕事は忙しかった。しかし、兄貴の頼みは忘れなかった。忘れられるようなことでも、なかった。

午後になったところで、出先の喫茶店から、『小説わるつ』に電話をかけた。うまいことに、静さんがいた。陽気に返事をしてくれた。五分ばかりといって、時間を貰う。

「――というわけなんですよ。夜中に起こされて、びっくりしました。気になって、眠れない、静さんに聞いてくれというんです」

「でも、あの子――藍原竜一《あいはらりゅういち》っていうんですけど、――竜一のことがどうして気になるんです」

「それなんです。冬に小学生の誘拐殺人事件があったでしょう？」

「あ、……はい」

静さんの声に、得体の知れない闇《やみ》を覗《のぞ》くような調子が加わった。

「で、あれが、墨田《すみだ》区の事件なんですが、もしかして、その――竜一君も東京の下町っ子ですか？」

静さんは、一拍《いっぱく》置いて、

「そうです」

そういわれて、こちらも一瞬、黙った。静さんは、その間《ま》が気にいらないというように、続けて、

「荒川《あらかわ》区です。家は南千住《みなみせんじゅ》です。――でも、下町の小学生なんて山ほどいるでしょう。なぜ、竜一を――」

「それがですね、――あの事件の犯人は、被害者の子を非常に可愛《かわい》がった、というか、――自分のものにしたがったわけですよね」

不快げな声が返ってきた。

「新聞に、そう書いてありましたね」

確かに、嫌な嫌な事件だった。誘拐されたのは小学二年生の女の子である。ひと月経《た》ち、絞殺死体となって葛飾《かつしか》区の水元《みずもと》公園で発見された。他に外傷はなかった。段ボ

ールの箱の中に、足を揃えて、きちんと座らされていた。二月の低い日差しがその小さな頭を照らしていたという。

そして、ただ置かれていたより気味の悪いことに、彼女はよそ行きの可愛らしいドレスを着せられ、周りは、造花やぬいぐるみ、玩具《おもちゃ》で、埋め尽くされていた。

大方の意見はこうだ。

――幼児をペットとして愛玩《あいがん》するためにさらったのであろう。ひと月の間は、だましだまし持たせたが、さすがに、それだけ経てば被害者も状況に慣れ、いうことをきかなくなる。可愛がられたことで、最初の恐怖を忘れ、反抗的な態度に出たのではないか。家に帰せと怒鳴り暴れるようになったのではないか。

生きた人形か、せいぜいおとなしい兎《うさぎ》を可愛がるつもりでいた犯人は、その相手に牙《きば》をむかれて持て余す。家に帰そうにも、顔も見られている。そこで、子供を動かぬ人形にする手段を取った。

こんな考え方だ。身の代金の要求もなかったのだから、確かに頷《うなず》ける。

そこにあるのは勿論《もちろん》、愛情などと呼べる代物《しろもの》ではない。

「つまり、ですよ。犯人は、その子に異常な執着を覚えたわけですよね。いいですか？」

「ええ」

「あの被害者の女の子の顔、覚えています？」

静さんが眉を上げるのが、見えるようだった。

「新聞の写真だし、女の子と男の子ですから、そんなに意識はしませんでしたけど……」

「兄貴がね、似ているというんですよ」

「だって、――だって」と、静さんはもどかしげに繰り返す。「今頃になって、なんだって、そんなことを」

実際に会った時、上野公園で話せばいいではないか。当人を見て気づかないことに、写真を見て気づいたのか。そう、いいたいのだ。ごもっともだ。だが、こちらにもわけがある。

「いや、それは――」

口ごもったところで、あっと、静さんが息を呑《の》んだ。勘のいい娘だ。

ややあって、低く、

「……もしかして、部外者にはいえないようなことが、現在、……進行中なんですか」

「ぼくも部外者ですからね、いいですか」ゆっくりと、「何ともいえません、いえませんよ」

静さんは、さらにゆっくりと、

「……分かりました。そうおっしゃるんなら、連絡して見ましょう。学校が終わったらすぐ、いいえ、今日は姉に途中まで迎えに行かせましょう」

9

点には面積がない。ただ位置を示すだけである。もう一つ点が生まれれば、そこで線が引ける。線が矢印になれば、方向というものが示される。

実は、梅雨入りした頃に、江戸川《えどがわ》区の小学校から一年生の女の子が姿を消したのだという。これはまだ新聞も報道を自粛している。兄貴が教えてくれたのだ。兄貴が神経を擦《す》り減らしているのは、実はその捜査に係《かか》わっているからなのだ。消えた子供——平井真弓《ひらいまゆみ》ちゃんは、下校のグループが、辻《つじ》で線香花火のように分かれた後、自宅までのわずか数百メートルの間で姿を消した。

一人になってから歩いたのは、車が一台やっと通れる、一方通行の道だった。おそらく、後方から追って来た車に声をかけられ、言葉巧みにつれ去られたのだろう。

小学一年生が突然家出をするのも妙だし、単なる事故とも思えなかった。轢《ひ》き逃げの犯人が被害者をつれ去ったということも、ありえなくはないが、問題にならなかった。誘拐と考えられて、捜査本部が作られた。冬の事件と同一犯人によるものと見られた。その最大の理由が、二つの事件の共通性だった。

舞台が東京の下町、失踪《しっそう》した子供は共に小学校低学年、そして何より、女の子二人の写真を並べて見れば、一目瞭然《いちもくりょうぜん》だった。瓜実顔《うりざねがお》に眼の細い浮世絵風の顔。耳や鼻などを子細《しさい》に見比べれば違うところもあるだろう。しかし、全体の与える印象は細部を越えて、《そっくり》だったという。

あの犯人が、暗鬱《あんうつ》な空の下、また動き出したと考えるのが自然だろう。被害者は共に、魔界の人間の《好み》にあったのだ。

そして、静さんの甥の顔は、二つの点を結んだ延長線上にあったのだ。

夕方、静さんから『推理世界』の方に連絡があった。

「岡部さん」

「はい」

声の調子が深刻である。

「結局、姉が雨の中、迎えに行きました。——といっても、冬の事件のことしか話しませんでしたから、その辺はご安心を」

「そうお願いします」

「それで、すぐに竜一と話したそうです。変な人にじっと見られたり、声をかけられたりしたことがなかったか、って。そうしたら——」

「はい」

「この前の晴れた日というと、三日前ですよね」

「ええ。あれから、ずっと昨日まで降っていた」

「だから日にちがはっきりするんです。三日前。その日に、白い大きな車のおじさんが話しかけて来たっていうんです。いきなり寄って来て、あれこれいわれたそうです」

「ほう、そりゃあ――」

「気になるでしょう。そうしたら、それだけじゃあないんです」

「というと？」

「今日の午後、同じ人が竜一を探していたっていうんです」

「え？」

10

「友達が、そういっていたそうです」

何でもないかもしれない。しかし、万一のことがあってから後悔しても遅い。

受話器をぐっと握り直し、

「静さん。先様には御迷惑でしょうが、これから、その藍原さんのお宅に御一緒していただけないでしょうか」

「そのつもりです。行きましょう」

後は末松に頼んで、世界社を後にした。静さんと途中の地下鉄のホームで落ち合い、南千住に向かった。

しばらくぶりで、まぶしいほどに日が差した今日だが、それも夕方からくずれ、強い雨になっていた。地下鉄の駅からJRのガード下をくぐり街に出る。行き交《か》う自動車の車体を綺麗《きれい》に雨の跳《は》ねが覆っている。靴からズボンの裾《すそ》までが、すぐにぐっしょりと濡れる。アスファルトの歩道にも水たまりができていた。踏み込んで、したたかに水を飛ばしてしまった。

静さんと二人、傘を並べ、迷路の中を行くように、しばらく歩いた。路地を抜け、広い道を渡ったところに、ピーナッツクリームの色をした洒落《しやれ》た五階建てのマンションがあった。

自動ドアが開き、中に入る。何であれ、とにかく屋根のあるところまで来ると、ほっとする。静さんは手慣れた様子で、藍原さんの部屋のチャイムを押し、スピーカーと声のやり取りをする。入り口のロックが解除される。誰でも挨拶なしに入れる安アパートとは違う。それだけ都会が物騒になったのだろう。

「こちらが警察の方？」

玄関口で聞かれた。お姉さんは目が細い。静さんのきょろんとした大きな目とは違う。竜一君は、そこのところがお母さん似らしい。

「いえ、その弟さん。出版社の方。いつもお世話になってます」

「まあ、それはどうも」

いや、何、などといい、濡れた裾を気にしながら上がらせてもらう。傘立てに、ではなく、たたきから床に、親子の傘が寝かせかけてあった。夕方、急いで帰って来たのが分かる。

「竜ちゃんは？」

「宿題やってる。漢字の書き取り」

「大変だあ」

お茶が出る。お母さんは、すぐに本題に入る。

「このマンションに、同じ小学校に行ってる二年生がいるんですよ。山岸《やまぎし》君。うちのはいつも、その子と帰りが一緒なんです」

「はい」

「今日は夕方、雨になったでしょう。外にも出られない。わたしが、竜一を直接連れて来ちゃったから、それが気になりもしたんでしょうね。――山岸君が、こっちに顔を出したんです」

「なるほど」

「ちょうど、その時、わたしが竜一に、《変なおじさん》のことを聞いていたんです。そこに山岸君が来たから、これはいいとばかりに、三日前のことを尋ねました。山岸君も見ている筈ですものね」

「帰り道ですからねえ」

「白い大きな車に乗ったおじさんだったというんです。その人の車がすっと寄って来た。おじさんが窓を開けた。そこまでは竜一の話と同じです。でも、山岸君は、おじさんがどんな言葉をかけて来たか、覚えていたんです」

静さんと顔を見合わせてしまった。

「何ていったんです、その男は」

お母さんは、声をひそめ、

「――《君たちの血液型、教えてくれる？》」

11

ぞっとした。

わけが分からない。そして、分からないなりに、恐《こわ》い問いかけではないか。

「竜一に聞くと、確かにそんな質問をされたそうです」

「ははあ。――それは確かに《変なおじさん》ですね」

「そうでしょう」

「で、子供達は教えたんですか」

「竜一はA型だっていったそうです。山岸君は、自分が何型か、よく分からなかったから答えなかったようです」

「ふうん。――で、他におかしなことは？」

「竜一はそれだけだっていうんです。そうしたら、山岸君が、ぽつんと、《ぼくあのおじさんに、今日も会ったよ》っていいました」

いよいよ、問題のところだ。思わず、お茶を飲んでしまう。

お母さんはいう。

「――竜一は今日、わたしの車で先に帰りました。だから山岸君は、下の辻からは一人で来ることになったんです。あの路地を抜けて。そうしたら、この前の時と同じ場所に、同じ車が停《と》まっていたそうです」

「白の大きな車？」

「はい。よく聞いてみると、大きいっていうのは外車とか、そういうんじゃなくて、ワゴン車のことのようです。それが停まっていた。そして、この間のおじさんが顔を出して、――《お友達は、どうしたの》」

「それで？」

「《知らない》っていっても、《休みじゃあないんだね》とか《学校にまだ残っているの》と聞く。そして《呼んで来てくれないかなあ》とまでいったそうです」

静さんが恐いことをいった。

「この前のが下見なんでしょうか」

お母さんは、微《かす》かに身を震わせる。そうだとすれば、きわどいところで救われたことになる。

「確かに、一度ならず二度、――しかも、《呼べ》とまでいうのは、ただ事じゃありませんね」

重苦しい沈黙を静さんが破った。

「で、それから、そいつはどうしたの」

姉妹はくだけたやり取りになる。

「それがまた妙なのよ」

「え」

「夕方から、急に雨になったでしょう」

どう繋《つな》がるのか分からない。首をかしげつつ頷《うなず》くという奇妙なことをした。お母さんは、こちらを向き、

「山岸君がその男と話している時、雲がもくもく湧《わ》き出したんですって。そうしたら、男は急に、魔女が水を見たような顔をしたんですって」

「何です？」

「学校でね、先生が『オズの魔法使い』の話をしてくれたんですって。その中の魔女は、水を浴びると溶けてしまうんですって」

「へえ」

「山岸君が、変だなあ、と思っていると、そこへポツリと来た。すると相手は、目を見開き、早口で《もう、呼ばなくていい。行っていい》。そして、急いで窓を閉める

と、逃げるように行ってしまったそうです」

12

なるほど奇妙だ。

「オープンカーじゃないんですよね」

「ええ。先程、お話しした通り、ワンボックスです。濡れて困る車じゃあないんです」

静さんが、つまらなそうに、

「別に不思議でも何でもないでしょう」

「え」

「梅雨の晴れ間だもの。洗濯物、干して来たんですよ」

単純明快だった。

「あ、そうか」

誘拐犯（かどうか、まだ分からないが）という非日常的なものと、生活感溢《あふ》れる洗濯が結び付かなかった。しかし、凶悪犯だって着るものは着る。久しぶりに晴れたら、洗ったものを外に干すだろう。梅雨という時を考えに入れれば、完全に納得できる。他につけられる理屈などありそうもない。

静さんは、そんなくだらないことより、という調子で、

「竜ちゃん、宿題、まだ終わらないかしら」

「あ、――そろそろだと思うけど」

「だったら、貸してくれない。向かいにレストランがあるじゃない。あそこで竜ちゃんに、夕食おごっちゃうから」

「食事だったら用意してあるわ。よかったら食べていかない」

「有り難いけどね、――実は、竜ちゃんからも直接聞いてみたいことがあるの」

お母さんは、口をとがらす。

「あたしが側にいたらいけないの」

「そういうわけでもないけどねえ。――聞く人が違えば、また発見があるかもしれないじゃない。だから、場所も替え、相手も替えてみたいのよ」

お母さんは、釈然としない様子だった。

そこへ、できあがったノートを見せに、竜一君が顔を出した。黒の半ズボンに、ヨーロッパの地図がデザインされた大きめのTシャツを着ている。こんばんはー、と頭

を下げた。ノートには《野さいを食べる》だの《道あん内をする》という文字が並んでいる。

最初はおとなしかったが、すぐに地が出た。おっとりとした顔立ちに似合わず、活発な子だ。静さんに水を向けられると、《ステーキ、デザートつきなら行ってあげるよ》と生意気をいう。ポコンと頭を叩いて誘拐し、しばらく飢えに苦しむ国にでも連れて行ってやりたい。

前の店に三人で入り、注文をする。こちらはカレーライス、静さんは雑炊《ぞうすい》だ。一方、竜一君は、お子様ランチ――ではなく、お望みのものを取る。

器用にナイフ、フォークを使いつつ、したり顔で食べているワルイ奴に向かって、静さんがいった。

「さてと、あんたのいうことを聞いてあげたわよね」

口をもぐもぐさせながら、竜一君は頷く。静さんは顔を近づけ、

「じゃあそろそろ、本当のことを、しゃべってもらおうか」

竜一君は目を丸くした。ごくりと喉《のど》を動かす。コップを手に取り、水を飲んで、

「なんのこと？」

「とぼけるんじゃないわよ。あんたが生まれた時からのつきあいよ。抜け目がないこ

とくらい、よく知ってるわ」

「ヌケメガナイって、どういうこと？」

「先生に聞いてごらん。――とにかくね、友達がはっきり覚えていることを、何であんたが、ぼろぼろ忘れるのよ。そんなに覚えが悪い子じゃあないでしょう？」

竜一君は、困った半分。いささか自尊心をもくすぐられたらしい。

「まあねえ」

「――いってごらん。ね、お母さんにしゃべれないのは、どうして」

「やー、じつは」

と、腕を組む。そして彼氏は、国家の秘事でももらすように、勿体振《もったいぶ》っていった。

「――お金をもらっちゃったんだ」

13

「誰に？」

「あのおじさんに」

誘拐犯が金をくれるというのは妙だ。話が逆ではないか。それとも餌《えさ》なのだろうか。

「どうして、おじさんがお金をくれたの」

竜一君は、上目遣いになり、しおらしく、

「……ぼくはね、いらないっていったんだよ」

「そんなこと、どうでもいいわ。早く、話しなさい」

竜一君は、ゆっくりと、

「おじさんが、たすけてくれっていうから、たすけてあげたんだ」

静さんは身を揉《も》む。

「あー、いらいらする」

「体にわるいよ」

「あんたのせいじゃない！」

おばさんの声に、甥っ子は頷き、やっと核心に入った。

「レンアイがね、うまく行くように、てつだってあげたんだ」

静さんも、こちらも、あっけに取られてしまった。まったく意外な言葉である。

「どういうこと」

「血エキガタうらないでね、かいてあったんだって。——二人のアイショウはわるいけど、Aガタの人にたのんで、ポストにラブレターを入れてもらえば、このコイはみのりますって」

何だ——と思わず、がっくりしてしまう。今日は二通目を出そうとしていたのだろう。変わりやすい空よりも、さらにあてにならない恋占い。そんなものに頼る中年の独身おじさんには、梅雨の晴れ間の、下着の洗濯もよく似合いそうだ。

大山鳴動鼠一匹《たいざんめいどうねずみ》。いやいや、肩を落としてはいけない。何事もないのが何よりだ。

静さんは、呆《あき》れた顔をし、

「ラブレター出すのを頼まれたのね」

「うん」真面目《まじめ》な顔になり、「それに、そのおじさん、ちょっとばかり足が不自由なんだって。ポストは左がわにある。おりなくちゃいけないから、大へんなんだよ」

「まあ、……だったら、いいことをしてあげた……ことになるけど、でもね」

「はいっ」

「お金をもらっちゃあ、駄目よ。だから、お母さんに、いえなくなったんでしょう」

「うん。だけどさ、おしつけられちゃったんだよ、千円。——そのまま行っちゃったんだから、しょうがない。ま、このお金も、よの中のおやくに立てればいいかと思って」

「どうしたの」

「アイスかって、食べた」

「どこが、世の中のお役よ」

竜一君、わざとらしく頭をかいて見せる。

「いやー、メンボクない」

適切な使い方である。

「買い食いはいけないんでしょう」

「うちに帰ってからだもん」

「学校帰りでなきゃいいの」

「いいんだよー」

静さんは、指でトントンとテーブルを叩き、口をとがらし、

「山岸って子が、血液型の話を始めた時には、あせったんでしょう」

「まあね。ぜんぶバレたら、おこられちゃうもん。だけどさ、山岸だってアイス食べたんだぜ」

「何よ。それ。分け前じゃない、賄賂《わいろ》じゃない」

竜一君、首をかしげ、

「ワイロって、なあに？」

語彙《ごい》は、こうして豊かになって行くのだ。

14

やはり遅く帰って来た兄貴に、ことの次第を話した。兄貴は、顎《あご》を撫《な》でつつ、

「下町の人情話だな。子供がつなぐ愛の懸《か》け橋か」

「そんなところだ」と一応同意し、「おかしなことでも、蓋《ふた》を開けてみれば、それなりに説明がつくもんだな。もっとも、いささか、サスペンスには欠けるがね」

「そうだな」

「しかし、念の為《ため》に、ひとつだけ聞いておきたい」

「何だ」

「冬の事件の被害者と、今、誘拐されてる子の血液型さ」

兄貴は眉を上げ、

「A型かっていうのか」

「うん」

「違うな」

即答だった。

「すぐ分かるんだ」

「あの子達のデータは、完全に頭の中に入っている」

「偉いもんだ」

「当たり前だ。あの子達のことなら、弟のことより、よく知っているぞ。――しかし、一体、何を考えたんだ」

「いや、その誘拐犯は異常者だろう。たとえば、自分が吸血鬼だ、みたいな妄想におちいったのかもしれないと――」

「それで、好きな血液型がA型か」

「うん」

兄貴は、あっさり、首を横に振った。

「くだらん」

15

雨は丸二日続き、三日目に晴れた。

新妻邸に原稿を貰いに行くことになっていた。お嬢様はファックスを持っていない。会いに行く楽しみが減るとまずいから、実は、好都合なのだ。ファックス購入を、勧めたりはしない。

出来た分は確かに手ずから頂戴《ちょうだい》した。次の回のために、調べて来たことを報告する。

「ええと、犯人の車を動かないようにしたいわけですよね」

「はい」

「一番簡単なのは、排気管を詰まらせることです」

「といいますと」

「自動車の後ろに管が出ていますね」

「はい」

「あれに何かを突っ込む。具体的な例だと、じゃがいもです」

「？」

大きな折り返し襟の上の、細い首をかしげる。今日のお嬢様は、ミルクにほんのわずか苺《いちご》の汁を落としたような、淡いピンクのドレスだ。

「じゃがいもを管の口に当てて叩く。型抜きされてすっぽり入りますね。それで詰まるわけです」

「まあ、可哀想《かわいそう》なじゃがいも」

そういう考え方もある。

「これで、もう動かないそうです」

「それだけのことで？」

「ええ。エンジンは何とか、かかります。しかし二、三メートル行くのがやっと。ブスブスと音を立てて、止まってしまう」

お嬢様は頷き、それから、じっと天井を見た。何か考えている。いってやった。

「実験しちゃあ駄目ですよ。田代さんが困ります」

「あ、はい」

事務的な話は、これぐらいで、後は雑談になった。格好の話題がある。今回は千秋さんにお出ましいただかずに解決した、あの事件である。

誘拐か、と思ったことから、一通り話した。

「――分かって見ると心温まる出来事でしたよ。いやあ、お笑いですがね、雨にあわてたという話には、御伽噺《おとぎばなし》みたいなことが頭をよぎりましたよ。溶ける男じゃないか――とね」

にこにこしながら、そういった。そこで気づいた。千秋さんの顔色が変わっている。

「最初に、その男の人が現れたのは、雨の間の、――いってみれば、珍しく晴れた日ですね」

「ええ」

「その次も、狙《ねら》ったように晴れた日に来た。そして、雨が降り出したら、そそくさと去って行ったんですね」

「そうです」

千秋さんは立ち上がり、胸の前で手を握った。瞳の大きな目をぱちぱちさせる。

「雨では駄目、雨では……」

「洗濯物を干していたんですよ」

「それは、急いで帰る理由にはなりますね。でも、二日とも晴れた日に来た。そのわけは何でしょう」

「何って、――偶然でしょう。しいていえば、雨の日に外に出るのは億劫《おっくう》だから――」

「どうしました」

「――」

「そうでしょうか」

「だって。他にわけなんか考えられないでしょ」

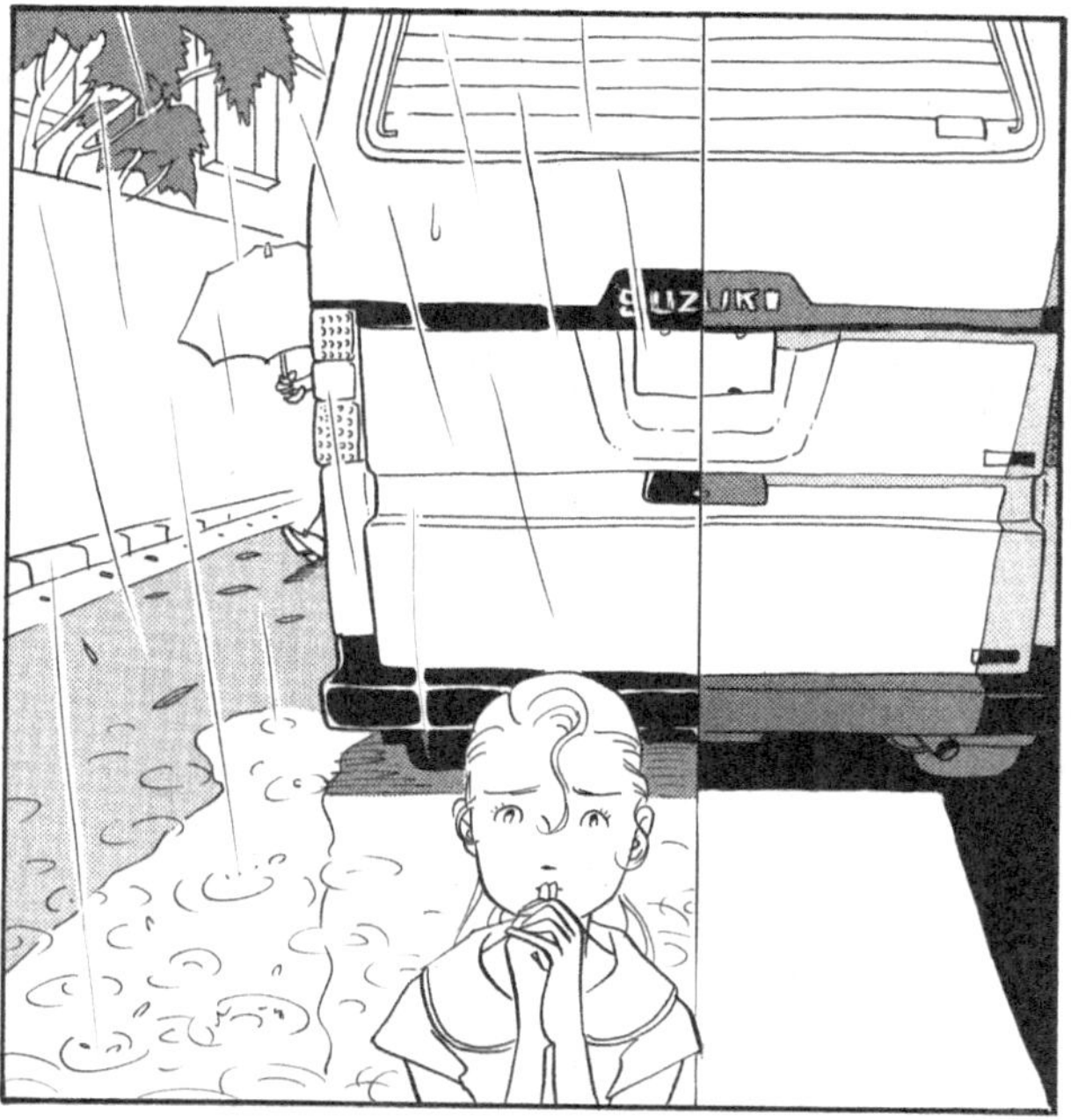
SUZUKI

「でも、血液型のことがあります。《晴れた日》と《血液型》が結び付いたら、……ああ、大変だわ」

握った手は、だんだん上に上がり、唇辺りに押し付けられた。こちらは唖然《あぜん》とするばかりである。

「大変?」自分でそう口に出してみて、落ち着かなくなった。「竜一君が、やっぱり誘拐されるというんですか」

千秋さんは眉根を寄せた。

「いえ、その子は誘拐されないと思います」

「というと――」

お嬢様は、きっと顔を上げた。そして、童話にでも出て来そうな、薄緑の枠を持つ窓を見つめた。

「岡部さん」

「はい」

「……今日は、晴れていますね」

外には、まぶしい光が溢《あふ》れている。

16

「おい、リョースケ」

「はい」

「まだ、大丈夫だよな」

「と、思います」

　小学二年生の帰る時間について、である。余裕があるから、電車で来たのだ。南千住についても、まだ二時だった。

「どうしようか」

「車一台だけ通れるような路地でした。長い時間停《と》めておくことはできません。子供達が下の道から帰って来る頃を見計らって、停めると思います」

「うん」

「あの時は、そこまで見ませんでしたけれど、一方通行ならしめたものです」

「どうしてだい」

「路地の入り口が見える場所にいればいいんです。多少離れていてもいい。それだったら警戒されません」

「なるほど。――子供達が帰る時間帯に、白いバンが入って行ったら、こちらも動くわけだ」

「そうです」

「うまいぞ」

「たたかないでください」

辛《かろ》うじて、身をかわした。

確認してみると、やはり都会の細道らしく《一方通行》の表示が出ていた。

「あそこに児童公園があります。あのベンチに座っていましょう」

「うん」

と、答えながら千秋さんは道を見渡した。何軒か先にコンビニがあった。千秋さんは、こちらを向き、

「パン、買っていこう」

「そうですね。ただ座っているのも落ち着かない。パンでも食べながら、ジュースを飲んでいれば自然です」

それに喉も渇いていた。今日は、じりじりと暑い。千秋さんは、白の帽子。上は黒

地に白い大きな水玉のシャツ。半袖である。袖から先の腕も白い。細身のミニキュロットは黒。

中に入ると、千秋さんは菓子パンではなく、何と八枚切りの食パンを買った。変わっている。

「飲み物はどうします。牛乳でいいですか」

「うん」

紙パックを二つカウンターに置くと、千秋さんが缶のオレンジ・ジュースを追加した。

店から出たら、余計暑くなった。

児童公園は建物の間の小さなものだ。樫《かし》の木が枝を伸ばし、葉を広げているが、ベンチは三分の二しか木陰になってはいない。

その三分の二に並んで腰を下ろした。足元で蟻《あり》が働いている。こちらも、問題の車を待つ間、千秋さんの原稿に目を通そうと思ったが、やめてくれ、といわれてしまった。

「向こうをじろじろ見ているのも変ですから、世間話をしましょう」

「そうだな」

二人で牛乳を飲みながら、とりとめもないことを話した。千秋さんは、せっかく買ったパンやジュースに手をつけない。時間は風のように過ぎた。

やがて、ランドセルをしょった子供達のグループが横断歩道のところに姿を見せた。赤いランドセル。女の子達だ。

来ましたね、といいかけた時、左手から白いバンが現れ、我々の目の前をその辻へと向かった。大きな魚が水槽の前面を横切ったようだ。

緊張した。

「——本当に来ましたね」

「左に停めてあったんだな。このベンチからだと、ビルのかげになって死角だ」

「逆方向なら、先まで見通せたんですがね」

「かえってよかったろう。向こうから、こっちも見えなかったんだから」

「そうですね」

バンは左折の表示を出して、路地に折れた。

「リョースケ、お前、竜一君、見て分かるな」

「はい」

「よし、行こう」

千秋さんは、コンビニの袋を下げて、立ち上がった。

道を渡り、辻からやや離れたところで、竜一君を待った。しばらくして、一台、乗用車が路地に入って行った。どうなることかと思った。やがて、ところてん方式で押し出された例のバンが、もう一度我々の前を通った。迂回《うかい》して戻って来たのだ。曲がる時に、バックミラーがまぶしく光った。

「ご苦労なことだなあ」

「あせったでしょうね。回って来る間に、竜一君が通り過ぎないかと」

「そうだな」

ハンカチで額の汗を拭《ふ》く。そのまま、顔を隠して、千秋さんにいった。

「来ました」

男の子が五人、やって来た。信号の向こうで分かれた。横断歩道を渡って来るのは二人。その一人が、忘れもしない静さんの甥っ子。夢中で何か話している。相手の小柄な子が山岸君だろう。

千秋さんは黙って頷《うなず》き、二人をやり過ごした。一拍《いっぱく》置いて、黄色帽子の後を追いつつ、

「いいか、リョースケ。あたしが合図したら、さっきのお店から、警察に電話するん

だ。大至急、来てくれってな」

「――しかし、誘拐はされないんでしょう」

結果が出るまでは、独断専行《せんこう》、何も話してくれない千秋さんだ。

「つべこべいうな」

「こっちはいいませんがね、警察はいうかもしれませんよ、つべこべ」

「うるさい奴だなあ、それぐらいお前が何とかしろよ」

「はいはい」

角を曲がると、両側を塀に囲まれた道だ。竜一君達がバンのところに差しかかっていた。二人はおしゃべりをやめ、運転席の方をうかがいながら歩を進めている。

と、白い車の窓から、男の頭と肩が突き出た。

17

千秋さんは何事もないように、ゆっくりと歩く。両側を塀に囲まれた道に入ると、暑さと湿度が増すようだ。むっとする。

男は、白い封筒を竜一君に手渡した。話の通りだ。竜一君は、うんうんと頷いている。

お嬢様のすることは分からない。こんなところでお腹がすいたのか、パンを取り出した。

「食べるんですか」

だが、千秋さんはそれに答えず、目を前に向けたまま、器用にパンの袋を開ける。そして、八枚切りの一枚をのり巻でも作るように、くるくると巻き出した。

「変わった食べ方するんですね」

お嬢様は、もう一枚、パンの巻物を作ると、それを右手に、ジュースの缶を左手に持った。腕から抜いたビニール袋は、いつの間にやら、こちらに渡されていた。

どこかで、犬が吠《ほ》えていた。散歩をしたがって、じれているのかもしれない。

バンのすぐ側まで来ていた。運転席の男は、竜一君に切手を渡していた。その手には、この暑さというのに、白い手袋がはめられている。

千秋さんの眉がきっと上がった。

「リョースケ、行っとくれ」

「え」

「早くしろ」

いうやいなや、千秋さんはすっと体を沈めた。あっと思った。お嬢様は、パンの巻物を車の排気管に押し込み出したのだ。

「ごめんよ」

と、いったのは、パンに詫《わ》びたのだろう。パンにバンなら語呂《ごろ》合わせになる――つまらないことが頭に閃《ひらめ》いた。その時には、千秋さんは二本目をかなり強引に突っ込み始めていた。

三分の一ぐらいは収まりきれずに、管から顔を出す。きつい栓になったようだ。

そこで、千秋さんは立ち上がる。白い指先に排気管の汚れがついていた。

ちらりとこちらを見た。しょうがない奴だな、という顔になる。しかし、千秋さんのことが気になって、足が動かない。

お嬢様は、すたすたと車の横に回り、竜一君と山岸君の間に割って入った。そして、奇妙な男に一瞥《いちべつ》を加え、

「こんちは」

男は、ぎくりとしてお嬢様を見た。細面《ほそおもて》なのに頰《ほお》の肉だけが豊かだ。そこがほの赤い。年は、三十前後といったところだろう。

千秋さんは、男の子二人の肩に手をかけ、こちらに押すようにする。

「あぶないから、あっちに行ってな」

竜一君と目があった。

「あ、カレーのおじちゃんだ」

何を食べたかで覚えていたようだ。目で示すと、雰囲気を察したものか、バンに背を向けて走りだした。しかし、逃げはせず、十五歩も離れると、くるりと振り向き、見物を始めた。特等席だ。

運転席の雨嫌いの男は、ものもいわず、天から降ったような美女を凝視している。凄《すご》い顔だった。人間のものではない、異界の仮面のようだった。ふくらんだ頬が震えていた。そこに見えたのは、わけの分からない憎悪とおびえだった。

千秋さんは、そのどきどきした視線を正面から受け止め、

「真弓ちゃんはどうしたい」

男の細い目が、目尻《めじり》が裂けそうなほどに、かっと開かれた。男は、うめくような声を上げて、エンジン・キーに手をかけた。そのとたん、千秋さんの体は鳥のように舞っていた。お嬢様は前のバンパーに飛び乗り右手を高く上げたのだ。

手にあったのは、開けなかったジュースの缶。腕が鞭《むち》のようにしなり、その缶の縁がしたたかにフロントガラスに叩きつけられた。

ガン、という音がした。白い線が蜘蛛《くも》の巣のように硝子《ガラス》の上を走り出した。次の瞬間、男の視界は細かい網目で遮《さえぎ》られた。

お嬢様は何事もなかったかのように、バンパーを降り、「やめなよ。これで動かしたら、事故起こすぜ」

だが、男は聞かなかった。一声叫ぶと、こぶしを前に突き出した。

フロントガラスの一部が、幾つかの硝子玉となって、豆撒《まめま》きでもするように前に飛んだ。きらりきらりと小さな粒が光った。しかし、鬼は外ではなく、車の内にいるらしい。

穴が開いた。一つところを破られると、後は壮観だった。窓全体が、滝のように、ざっと運転席に雪崩《なだ》れ落ちた。

「すっげえー」

声を上げたのは竜一君だった。

男は、慌ててエンジンをかけ、アクセルを踏んだ。だが、車はわずかに動いただけで、だらしなく、スト、スト、と音を立て、止まってしまった。

お嬢様は、脂汗《あぶらあせ》を流し、エンジンをかけなおそうとしている男に、そよ風のような声をかける。

「動かないよ、この車。——悪いけど、あたしが悪戯《いたずら》したから」

怒髪天《どはってん》を衝くというのは、これだろう。男は、不揃《ふぞろ》いの歯を剝《む》き出し、血のにじんだこぶしでハンドルを、何度か殴りつけた。車に当たっても仕方がない。

お嬢様は覗き込んで、

「あきらめが肝心だぜ」

うわあっ、と叫ぶと男は、安全ベルトを引きはがし、叩きつけるようにドアを開けた。千秋さんは、体をそらしてそれを避けた。飛び出して来た男を見た瞬間、心が凍った。

千秋さんのお手並みは知っていた。相手も小柄な男だった。だから、ある程度は安心していた。しかし、男の手には大きめのナイフが握られていたのだ。その動きも思いがけず、俊敏だ。

「あぶないっ！」

声を上げて、寄ろうとした時、何とお嬢様のそらした体は、逃げずに逆に揺れて、男のナイフにぶつかっていた。カン、という堅い音がした。ジュースの缶で受けたのだ。

そうしておいて、男と入れ違う。男は勢いあまって、数歩たたらを踏んだ。足が不

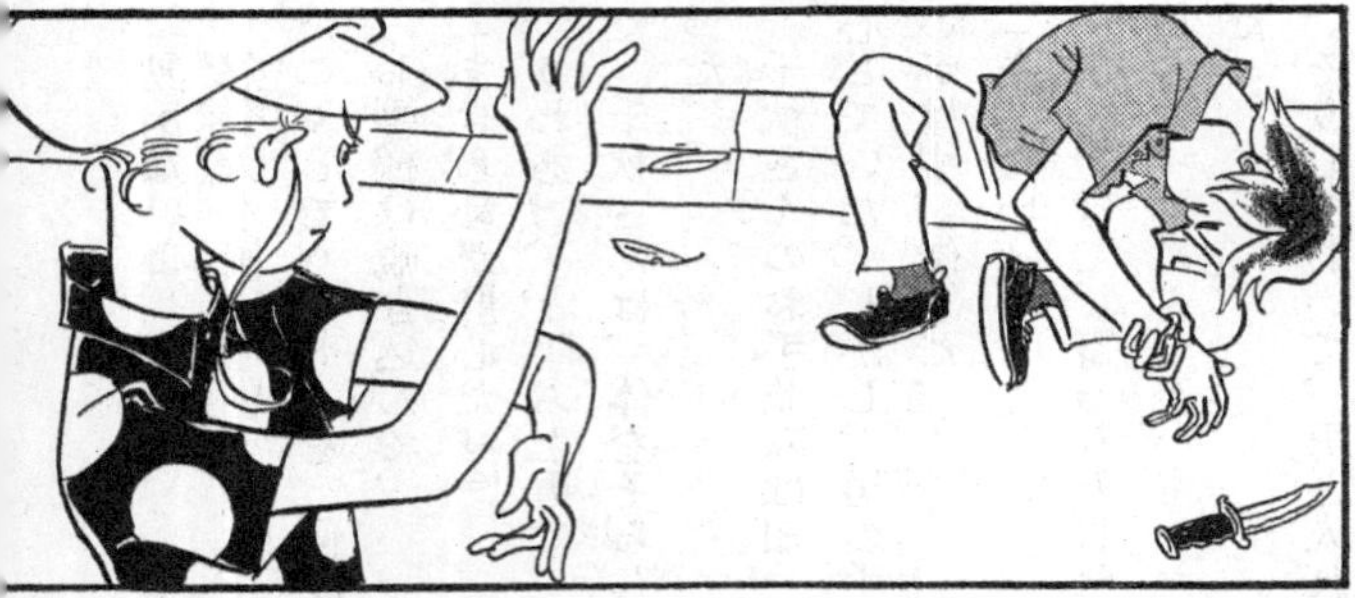

自由な様子は、まったくない。嘘《うそ》をついていたのだ。

そこで逃げればまだいいのに、男はぱっと振り向いた。よほど、腹が立っていたのだろう。

千秋さんは、腰をためて缶を脇《わき》にまわし、続いてそれを突き出した。ぱっとオレンジ色の虹《にじ》が立った。一瞬に、プルトップを引いたのだ。ジュースは男の目を直撃した。

うっと、男の手は顔に向かう。お嬢様は缶を捨て、その流れの逆方向から手刀を打つ。二つの動きが綺麗《きれい》に合った。

見るからに痛そうだった。男がやられたのは手首の関節。木の折れるような音がした。ナイフが落ち、熱いアスファルトの上で、生き物のように撥《は》ねた。

うめき声をあげてしゃがみ込み、男は左手で右をかばう。お嬢様がいった。

「もうよそうよ、な」

けたたましいクラクションの音がした。後ろから車が入って来たのだ。
「もうしわけございません。ただいま、とりこみ中なもので――」
振り返ると、竜一君が、黄色い通学帽子を取り、如《じょ》才《さい》なく頭を下げていた。

男は黙秘したが、免許証からあっさり身元が割れた。その家の二階に真弓ちゃんがいた。健康状態も良好だった。

我々が警察から帰れたのは夜だった。正面玄関には報道陣が溢れていた。配慮してもらい、裏口に回った。そこに新妻家の車が来ていた。

「夜分で、それも、こんなに遅くて非常識とは思いますが、ちょっとお宅によらせてください」

お嬢様は田代さんに、

「いいかなあ？」

「事情が事情でございます。岡部様なら、よろしいでしょう。御用がおすみになったら、わたくしがお送りします」

「そうかー」

千秋さんの声が嬉しそうだと思うのは、気のせいだろうか。

「お願いします。どうして、あの男が犯人と分かったのか、そいつを聞かないことには眠れそうにありません。兄貴にも話せません」

おや、そうかい——などといいながら、千秋さんは座席の背に頭を預ける。そして、すぐに、すやすや寝入ってしまった。もう十時近い。普段なら寝る時間なのかもしれない。

車の入る口は別にある。そこから暗い木々の間を抜け、いつもの玄関に着いた。田代さんが、声をかけたが、お嬢様はまだ眠っている。失礼ながら、そっと肩を揺すると、ぱっちりと目を開け、

「まあ、岡部さん……」

19

お嬢様を待つ間に、広い部屋を一周した。飾り暖炉の上の観葉植物が、鉛筆の先ほどの小さな蕾《つぼみ》を持っていた。菫《すみれ》色である。目立たないが、気づくとそれだけに可愛らしい。

やがて現れた千秋さんは、花に合わせたような菫色のドレスを着ていた。

いつもの椅子に座ると、早速、話をうかがう。千秋さんは、こう切り出した。

「雨って、何でしょう」

答えられない。ただ、言葉を習うインコのように、

「何です」

お嬢様がいう。

「水――だと思います」

首をひねってしまう。

「といいますと？」

「手紙を出す。――その時、水を使ったといわれたら、何のためだと思います？」

「そりゃあ、切手を貼《は》ったんでしょう」

「そうです。でも、場所が外で、周りに水がなかったらどうします」

論理が、宙をくるくると舞う感じだった。どうして、そんなことを考えるのだろう。

「そりゃあ、なめるしかないでしょう」

お嬢様は頷いた。そして、第二段階に入った。

「その人は、手紙を竜一君に出させた。——そういうことですよね」

「ええ」

「占いがどうこうというのは、本当かもしれません。嘘かもしれません。だから出掛けたのです。確認したのです。——そうしたら、あの男の人は、封筒と切手を別々に渡しました」

記憶のビデオテープを巻き戻してみる。

「……そうでした」

「それって、とっても奇妙でしょう。人に投函《とうかん》を頼むなら、普通、切手を貼っておきますよね」

「そりゃあそうです」

「そこで、わたしの仮説が証明されたんです」

「は？」

「つまり、あの人は、他人に切手を貼らせたかったのです。――それも、なめさせて」

「なめさせる？」

「ええ」と、頷き、「その時、もしもポストが濡れていたら、どうでしょう。指で雨水をつけられてしまうおそれがある。いや、むしろ、その確率の方が高いといっていいでしょう。切手を、それも人に渡されたものをなめるなんて何だか嫌ですもの。――雨が降り出したら、男はそそくさと立ち去った。なぜか。――そのせいです。竜一君に投函させる意味がないからです」

なめさせたかった。そうか、と、閃《ひらめ》いた。

「切手に毒が？」

「いいえ。竜一君は、現にけろりとしています」

となると、分からない。

「じゃあ、一体どうして――」

お嬢様は辛抱強く、嚙《か》んで含めるようにいった。

「唾液《だえき》から血液型が分かると思ったのでしょう。だから、自分と違う血液型の人に切手をなめさせたかった」

「あっ」

「やましい人が、警察に調べられることを前提に手紙を出すとします。今の科学では、髪の毛一本、汗一滴からでもかなりのことが分かるといいます。当人に後ろ暗いところがあれば、そこまで気を回すのは、むしろ当然ではありませんか」

確かに、人により唾液からでも血液型が分かるという。

「し、しかし、自分のつばをつけるのが嫌だとしたら、水道の水なり、のりなりをつけて出すのが当たり前でしょう。他人に切手をなめさせるなんて――」

お嬢様は、しんとした瞳を向け、淡々と話を進める。

「だから、相手は《当たり前》の人間じゃあないんです」

「…………」

「そこまで警察を意識するとなれば、当然、中身は脅迫状か、それに類した手紙でしょう。怪しい男は何らかの事件の《犯人》。それだからこそ、《犯人である別の人格》を作りたいんです。そうでなければ、気がすまないのでしょう。そのことによって、この凶悪事件の輪の外に立ちたい。そこに安心と、創作の喜びを感じるのだと思います」

千秋さんは、思いをめぐらすように軽く頬に手を当て、続けた。

「——おそらく封筒の中の手紙も、病的なまでに、別人格を作り、筆跡を隠したものだろうと思いました。それを書く《仕事》に、あの人は熱中した筈です。——蛇足《だそく》ですけれど、あの人は手袋をしていました。これはもう、当然のことですよね。投函した別人の指紋だけを封筒の上に残したかったのです」

「はあぁ」

お嬢様は目を伏せ、

「——手紙を人に出させる。水を嫌う。血液型。この三つから、素直に考えられるのは、それしかないと思いました」

20

「——ただし、投函を頼む相手は、やはり大人は避けたい。扱いやすい子供がいい。しかし、指紋の大きさ、位置等から子どもと分からない方がいい。となれば間をとって小学五、六年生の大柄な子が理想でしょう」

え、と思う。

「しかし、竜一君は小学二年ですよ」

「そうです。――《他人》が出すという儀式。それさえ行えばいい。それが疑いを晴らす免罪符となる。病気の頭がそう考えたことも確かでしょう。――しかし、《だから竜一君でもよかった》のではありません。仕方がなかったのです。男はついふらふらと、竜一君を選んでしまったのです」

「ふらふらと?」

「はい。そこに、当人にもどうにもならない《誘惑》があったのだと思います。落ちるまい、落ちるまいとして落ちてしまう蟻地獄《ありじごく》。――そのことが、誘拐事件とこの奇妙な出来事を結び付けてしまいます。並行してあった、真弓ちゃんの事件。場所が下町。対象が幼児。《犯人》は車を使ったらしい。――そして問題の奇妙な仕事を頼まれた子は、まさにその犯人に見込まれるような顔をしている。ここまで来たら、二つを結び付けるなという方が無理でしょう」

「そうですね」

「かなりの確率で、奇妙な男は、誘拐事件の犯人。手紙は真弓ちゃんの家に宛《あ》てたものだと思いました――手袋をし、切手を渡しているのを見て、それが証明されたと思ったのです」

「なるほど」

「岡部さんは、手紙に何が書かれていたか、お聞きになりました？」

「あ、いえ」

警察では、別々に事情聴取されたのである。

「ぼくの方は、質問に答えるので精一杯でした。こちらから向こうに聞くような図々《ずうずう》しい——」

むにゃむにゃと言葉を呑んでしまう。

「何ですの？」

「いえいえ、ず——随分、それは難しいことでした」

「わたしは聞いてみましたの。そうしたら、どうせ明日の新聞には出ることだからと、教えてくれました。男は自分を《幼い娘を亡くした母親だ》と主張していたそうです。《真弓ちゃんはなついている。帰る気はない》と書いてあった」

「そう思っていたわけではないでしょうね」

「カモフラージュだとは思います。しかし、そういう物語を完全に頭の中で作ってしまうのですね。一方、誘拐した真弓ちゃんとの間にも、現実にはない、いびつな物語を作っていたのでしょうね。——この娘は妹だとか、自分だけの人形だとかいう。そして、その人形が自分を限りなく愛しているという」

夜もふけて来た。車の音もはるかに遠く、辺りは、あくまでも静かである。

「妄想が、あるいは理想が、個人の頭から、――殻《から》から出る貝の足のようにはみ出して、他人を食い尽くす、そういうことは、決して珍しいことじゃありませんからね」

千秋さんは、眉を上げ、

「凍《こ》えるような冬に、すでにお一人亡くなっていることを考えると、いいようのない気持ちになります。人間の頭の中の観念に、他人を食べる権利はありません」

そして、そっと椅子の背にもたれた。

「しかし、あなたのおかげで真弓ちゃんはその歯から逃れました。それだけじゃあない。もしもここで犯人が捕まっていなかったら、口に入れられたかもしれない、何人かの子供達も――です」

「そういっていただけるのが、わずかな救いです」

千秋さんは沈黙し、ややあって視線を外の闇に投げた。

「……また降って来ましたのね」

声と共に、密《ひそ》やかな音が耳に忍び寄った。見えない雨が、柔らかく木々を濡らし出したらしい。

21

数日後、一通りの調べがすんで分かったことを、兄貴から聞いた。

犯人は中学生の頃に、過失から妹を死なせていた。二人乗りの自転車で赤信号の交差点に飛び込み、トラックに後部をはじかれる形になった。自分だけが助かったのである。後遺症は心に残った。孤独の内に育てたそれが、時を経て異様な傷口を開いたのだ。犯人が執着したのは、勿論《もちろん》、その妹の顔だった。

沈痛な思いを振り払うように、兄貴は一回大きく首を振ってから、

「ま、今回は、あの作家先生とお前と、それから——静とかいう娘さんに、すっかりお世話になった」

「いやなに」

「あの娘さんに会って、頭を下げてやってもいいぞ」

「それにはおよばないよ。よく、いっておいてやるからさ」

「う。しかしな、世間の義理というものが……」

四角い顔になって、食い下がる。一体、何を考えていることやら。

覆面作家の愛の歌

1

電話である。

受話器から響く声が、《歌って踊って》いた。

「あっけまして、おめでとうございまーす」

名を聞くまでもない。騒がしくても静《しずか》さんだ。真ん中で分けた髪と元気な顔が眼に浮かぶ。

「何でしょう」

「ははは」

会話にならない。とにかく、喜んでいるらしい。

「いい初夢でも見ましたか」

「あいにく、富士山も鷹《たか》もハリソン・フォードも出て来ませんでした」

「それじゃあ――」

「おかげさまで、いただける運びとなったんです。──覆面先生の、お原稿」

静美奈子《みなこ》さんは、我らが『推理世界』のライバル誌『小説わるつ』の編集者だ。去年から千秋《ちあき》さんを追いかけていた。

まずは短いエッセイを、いくつか載せていたが、いよいよ小説へと話が進んだらしい。こちらの執筆にさえ影響がなければ、とりあえずは、めでたいことだ。

手近の椅子《いす》を引く。借りて座ろうとしたのだが、そこには、しおり代わりに割り箸《ばし》の袋を挟《はさ》んだ『東京一万分の一市街地図』やら、あてにならない大見出しが踊っているスポーツ新聞やら、ティッシュの箱やらが、お先に御免とばかり、背もたれに寄りかかっている。危ないことに、頂上には灰皿が載って曲芸をしている。一応、仕事納めの時に形だけの片付けはしたのだが、たちまちこの有り様である。やれやれ。

そのままで続ける。

「なるほど。そういうわけなら、『わるつ』の分は、純粋に読者として待ちましょう。楽しみにしています」

「はい。──ところで、その御報告がてら、お誘いなんですが、一緒に『オセロ』、観《み》ませんか」

「新春選手権ですか」

とは、勿論《もちろん》、半分ふざけたのだが、静さんは真面目《まじめ》に、

「いいえ、お芝居の方です。場所は池袋《いけぶくろ》のホール。演《や》るのは、シェークスピアを連続上演して、評判のいい劇団です」

「何日ですか」

「明後日の夜が初日なんです。せわしないんですけれど。——こちらの都合で、押さえたのがそこになるんです」

編集も時間と勝負している商売だ。いきなり、そんなことをいわれても困るではないか。

「ちょっとなあ……」

静さんは、付け足した。

「覆面先生も、いらっしゃるんですが」

「行きます」

呆《あき》れたような声が返って来た。

「現金ですねえ」

とんでもない。仕事である。

「担当ですからね」

「あら、担当なら誰にでも？」

「そうじゃあ、ありません。でも、仕方がないでしょう。向こうが特別、世慣れない人なんだから」

2

池袋の和風喫茶で、こぶ茶を啜《すす》っていると、まず静さんが来た。枯葉色のコートを脱ぎながら、

「門松《かどまつ》も風情《ふぜい》がありますねえ」

店の前に小さな一組が置いてあったのだ。

「でも、バックミュージックはあちら物ですね」

微《かす》かに聞こえる程度の歌曲が流れている。静さんは耳をかたむけ、

「伴奏はリュートですね」

よく分からない。

「っていうのは、どんな楽器でしたっけ」

「まあギターのおじさんみたいなものでしょう」

静さんは、こともなげにいって栗鹿《くりか》の子《こ》と抹茶《まっちゃ》を頼む。ソプラノの歌声は、聞こえるか聞こえないか、美しい糸のように流れて行く。

「クラシックに強いんですか」

「そんなこともありません」

ふと思い出した。

『夢のあとに』という曲、知ってます？」

「えー、聞いたような」

「こんなメロディーです」

口ずさむ。静さんは、首をかしげながら、「少し違ってるような気がしますけど」

これは、こちらのハミングが、である。「……どこかで耳にしたことがありますね」

うんうん、と頷《うなず》く。当然のことながら、聞いて来る。

「どうかしたんですか」

話してしまうのは、何故《なぜ》か、勿体《もったい》ないような気がする。だが、こういう流れでは、いうしかなかろう。

「今、おいでを待っている先生がね、その歌を歌ったことがあるんですよ」

「はあ」

栗鹿の子が来た。栗が大きい。つやつやしている。

「見事なもんでしたよ。何というか、この、――胸に染み入るようでね」

千秋さんとの付き合いは、こちらの方が長いのだ。それだけ多くの顔を見、姿を見ている。思いをこめて、多少は胸を張り、いったつもりだった。しかし、ライバル誌の編集者は平気な顔で、

「そりゃあイデンでしょうね」

「は」

千秋さんがいたら、《は、じゃないよ》と、いわれるところだ。

「いえ、遺伝。――駅伝じゃありませんよ、箱根の」

つまらないことを付け足す。こちらは、道に迷ったランナーが庭先の娘に垣根越しでコースを尋ねるような、情けない調子で、

「どういうことです」

静さんは、とろんと光る栗を口に運びながら、

「あら、だって、覆面先生のお母さん、ソプラノ歌手の卵じゃありませんか」

3

憎らしい娘は、あっけらかんと抹茶を飲む。

「御存じなかったんですか」

「……まあね」

実は、そう空想したことがある。はからずも当たってはいたわけだ。

「御両親はフランスで知り合ったそうですから、きっと、あちらの歌がご専門なんですよ。——今のって、フランスの歌じゃないんですか」

どういう歌か、詳しい者に聞いた筈《はず》だが、気が動転して思い出せない。それに、こうなったら歌どころではない。

「御両親？」

と、鸚鵡《おうむ》のように聞き返す。

「あー、お父さんのことも御存じない？」

「ない」

「お住まいが大邸宅でしょう」その通り、あれに比べたら、わが家は犬小屋、庭は箱庭である。「見るからに、親御《おやご》さんは、お金持ちですよね」

「うん」

「それもその筈なんですよ」静さんは、戦前から有名な大財閥の名を上げた。「覆面先生のお父さんて、その御曹司《おんぞうし》なんです」

おかしい。

「だ、だって」

「名字《みょうじ》が違う、ですか？」

「うん、うん」

「新妻《にいづま》というのは、お母さんの家の名前なんです。もっとも、家といっても、お母さんは天涯《てんがい》孤独の人だったそうです」

自分の眉《まゆ》が上がるのが分かった。

「あら、お怒りになることはないんです。――金持ちのお遊びで、籍を入れなかったんじゃあない。その逆なんです」

今度は、？と唇が突き出た。静さんは、小学生に算数でも教えるように、懇切《こんせつ》丁寧に、

「昔と違いますから、ファミリーの会社が、全部自分のものになるわけじゃあない。

それにしたって、大変なものです。天文学的なお金のある家でしょう。ところが、覆面先生のお父さんは、奥さんと知り合うと、あっさり名字を新妻にしてしまったんです」

「というと、――下世話《げせわ》な話だけれど、財産は？」

「次男の方が家を継ぐ、という形になりました。長男の春夫さんは当然貰《もら》える分の、十分の一ぐらいを受け取って、奥さんに預けたそうです。まあ、それにしたって、我々から見たら巨万の富ですがね」

「で、自分は？」

「俺《おれ》はいらない、といったそうです。もともとが一風《いっぷう》変わった方で、ヨーロッパを文無しで旅行していた若い時に、知り合ったのが奥さん。あちらで貧乏暮らしをしていました。覆面先生もお生まれになったのはあちらです。奥さんが病気になって、やっと日本に帰って来たそうです」

「いつ頃？」

「覆面先生が赤ちゃんの頃だといいますから、二十年ぐらい前でしょう。奥さんは、旦那《だんな》さんが大金持ちだったと知って、びっくりしたそうです」

「ほう」

「お金のことは考えない旦那さんですが、この時だけは医療の手をつくさせたそうです。まあ、そのために帰って来たわけですけれどね」

「なるほど」

「奥さんの写真を見ました。鮮明なものではありませんでした。だから余計だったのかもしれません。まるで夢の中にいるみたいな、お綺麗《きれい》な方でしたよ」

「似ている？」

千秋さんに、という意味である。

「ええ、ええ」

茶碗《ちゃわん》に手を伸ばす。ほとんど残っていなかったが、形だけ啜る。こぶ茶は冷えていた。静さんは、察して、

「お母さんが、どうなったか、ですね？」

頷《うなず》く。静さんは、いった。

「お亡くなりになりました。確か、覆面先生が、五つか六つの頃です」

4

しばらくの沈黙。

その中で、ひとつの考えが揺れた。千秋という名前のことである。母である人が、病の手に捉《とら》えられていたとしたら、――自分に残された時を数えていたとしたら、千の秋という二つの文字には、時を越えてほしいという願いがこめられているのではないか。

しかし、と思った。《お父さん》が残っている筈ではないか。だが、お屋敷には、その《主》の気配はなかった。新妻邸を訪れたことは何度もあるが、そこの《ご主人》は千秋さん、という感じしかしなかった。

「その――お父さんは、どうなったの」

「奥さんが亡くなられた直後に、アフリカにいらっしゃったんです」

「は」

「医療の遅れている地区に行かれて、身を粉《こ》にして働いたそうです。何だか、人を魅《ひ》きつける力のある方のようで、投げやりだった現地の政府の方や、反政府の活動家、援助物資を搾取していた人達から有力な占い師まで動かして、抜本的な医療体制の改革をなさったんですって。そこが一段落すると、今度はアジアのどこだかに行かれて、農業技術の改良に取り組んでいるんですって」

「……凄《すご》い人だ」

いささか凄過ぎる。そこが、千秋さんを思わせる。静さんは、まるで自分が誉《ほ》められたように自慢げに、

「そうなんです」

そこで思いついた。あんまりやわな男では、世界を流れ歩くことも出来ないだろう。

「武術の心得《こころえ》なんかあるのかな」

「何ですか」

「いや、強いのかなあ」

「そうでしょうねえ。あの赤沼《あかぬま》さんを一撃で倒したようですから」

あの巨漢の執事の名前が、ここで出て来ようとは思わなかった。

「ど、どういうことです」

「春夫さんが中学生ぐらいの時、赤沼さんはあわや日本チャンピオンかというボクサーだったんですって」

「ふんふん」

「中学生のくせに、春夫さんは時間も場所もかまわず歩き回っていた。女の子にからんでいるやくざに啖呵《たんか》を切って揉《も》め事になった。そいつらを片付けついでに、助けよ

うとした赤沼さんまでのしちゃったんですって」

「なるほどイデンか」

「え？」

「いや、何。それで？」

「すぐに気が付いて、その後、意気投合――というより赤沼さんの方が若大将の心意気に惚《ほ》れて、心服しちゃったんですね。昔だったら《家来《けらい》にして下さい》というところです」

「きび団子なしで？」

「はい？」

「いえ。別に」

「とにかく、あちらは金持ち。そういう家には執事というのがあるそうだ――と、ボクシング・ジムの会長に聞いて、よく分からないが、それにしてくれと頼み込んだそうです。春夫さん、胸をひとつ、ぽんと叩《たた》いて、その結果が現在に至る、とまあ、こういうわけです。とにかくもう、ご主人思い、覆面先生思いの方ですよ」

「はああ」

「納得なさいました？」

こっくりはしたが、納得出来ないことは別にある。

「それを千秋さんが、いえ、あの先生が話したんですか」

「いいえ」と語尾を伸ばし、首を横に振る。「失礼ですもの。そんな立ち入ったことは聞けませんよ」

「じゃあ、どうして、そこまで知っているんです」

千秋さんについては、不思議な人だとは思っていた。しかし、何となくさわるのが気がひける花のようで、調査しようと思えなかったのだ。その気になれば、こちらにだってある程度までは突き止められる。親が誰かぐらいまでは、わけなくたどり着けるだろう。

しかし、静さんの話は念が入り過ぎている。まるで関係者に聞き込みでもしたようだ。

静さんは意味ありげにウフフ、と笑って、

「――わたしの調査能力を、甘くみちゃいけませんわよ」

「謹賀新年、賀正、賀正」

はずんだ声がした。

チョコレート・ブラックの細みのパンツとニット。その真ん中に幅広の革ベルトをきゅっと締め、上には象牙色《ぞうげ》のツイードのジャケットを着ている。前つばの広い黒の帽子を、野球好きの少年のように被《かぶ》り、肩に脱いだハーフコートをサンタクロースの袋のように引っかけている。

お嬢様は、今年も元気だ。

5

ホールの隣の天麩羅《てんぷら》屋で、軽く夕食をとった。『わるつ』の原稿の話になる。

「お願いし続けたかいがありました。特に、お年始におうかがいしたのが効いたようです。ねえ、岡部《おかべ》さん」

「何です」

「岡部さんも、少なくとも一月中に、覆面先生のお宅におうかがいするべきですよ」

そうして、ニヤリとする。

「え。一月中？」

ごきげん伺いしろ、という意味だろうか。それだったら、他社の娘にいわれる筋合いのものでもない。

よく分からない。千秋さんを見ても、素知らぬ顔である。

芝居の方は、指定席ではない。早めに出て、寒風の中で少しの間、待った。やがて行列が進み出す。地下に潜り、何種類かのパンフレットが並べられた長いテーブルに沿って行く。ドアをくぐると、中は案外立派なものである。二百人近く座れるのではなかろうか。スロープの底の舞台が、きちんと高くなっているので、いわゆる小劇場より、ずっと観やすい。席も総《すべ》て椅子である。

まだがらんとした舞台には、白と黒の布が、交互に垂らしてある。

「けっこう人気があるんだね」

真ん中辺りの席に着いたところで、周りを見回しつつ、静さんに耳打ちする。

「そうなんですよ。でもね、人気役者がいて女の子が集まるという、パターンじゃなかったんです。この劇団——南条《なんじょう》劇場のスターは俳優じゃなかったんです」

「というと」

「演出家ですよ。南条弘高《ひろたか》。斬新《ざんしん》な舞台作りで、まず玄人《くろうと》筋に受けたんです。半年ぐらい前に覆面先生と一緒に観た『ハムレット』——ハムレットを役者二人がかりでやるっていうあれも、確か、何かの賞を取った筈ですよ。ただの思いつきじゃなくって、舞台で観て間違いなく面白いんです。しばらく前から、深夜のトーク番組なんかにも、結構顔を出してます。鼈甲縁《べっこうぶち》の眼鏡《めがね》かけて、ちくちくと皮肉なことをいってますよ。細面《ほそおもて》の二枚目です。この人がマスコミ受けしたんです」

「ああ、何となく……知ってるぞ」

静さんは、頷《うなず》き、

「南条さんのエッセイ集、今度、うちで出しますから、お送りしましょう」

「それはどうも。——だけどね」

「はい？」

「スターは俳優じゃなかった——って、いったよね。過去形なのは、どういうわけ」

「それはご覧になれば、分かります」

その通りだった。

開幕のベルが鳴り、急速に世界が闇《やみ》に沈む。舞台だけに、きちんと強烈な明かりが落ち、そこに向かい合ったチェスの駒《こま》のような二人がいた。白ずくめの服の男に《イアーゴー》と呼ばれたのは、黒ずくめの服を着た、切れ長の眼の娘であった。小柄なのに舞台ではそこだけが馬鹿に目立つ。なるほど、この子が新しいスターだな、とすぐに分かった。

イアーゴー達は、女主人公デスデモーナの家に行き、父を呼び出す。いぶかしがる父親に、イアーゴーは暗い物陰から、そっけなくいう。

「お為《ため》を思ってやって来た者をごろつきだなんておっしゃってると——」そこで、彼女は咳《せ》き込んだ。しばらくそのまま、口にこぶしを当てていた。やがて、しんとした眼で手の甲を見つめながら、「そのひまにお嬢さんはアフリカ馬に乗られちまって、お孫さんにはヒンヒン啼《な》くのをこさえちまうし、いとこさんが競馬うまではとこさんがスペイン馬だって騒ぎになりますですよ」

きわどい台詞《せりふ》が冷たくいわれる。どきりとした。

やがて舞台には人が満ちる。その総《すべ》てが白い衣装に身を包んでいた。彼女だけが違う。服だけではない。他の《人間》は当たり前なのである。つまり男は男であり、女は女だ。彼女だけが世界の決まりからはずれている。そのせいもあるのだろう。舞台からはずれて落ちそうな、しかし、あやうくとどまっている者の、奇妙な孤独が漂っていた。

魅力的で、そして、うまい。小劇団だから、はっきりいって稚拙な役者や、演《や》り過ぎる者もいた。だから、余計際立った。

さらにいえば、そのうまさが特別なのだ。芝居をしているという風ではない。独白の場面ですら、客に語っているという感じがしない。そこにいる《彼女》の、耳にしてはならない言葉をもれ聞いているようで、こちらは気がひけさえした。

終始、舞台にはまぶしいほどの白が溢《あふ》れていた。黒いのは塗られたオセロー将軍の肌と、旗手イアーゴーの服だけである。しかしその彼女の顔やしなやかな指は抜けるように白いのだ。二人が並ぶと、外側と内側のずれた組み合わせを見るような奇妙さがあった。

うまく役を振ったな、と思った。いや、逆にこの娘がいたからこそ、こういう演出がついたのだろう。

イアーゴーはデスデモーナのハンカチを手に入れる。苺《いちご》の刺繍《ししゅう》がしてあるといわれる、その白い布にも彩りはなかった。苺すら黒い。しかし、舞台にただ一度現れる有彩色は、実にそのハンカチに咲く。

オセローが、デスデモーナの不貞を確信し、狂乱して舞台を去った後、静寂に満ちた空間にイアーゴーだけが残る。南条演出では、間男《まおとこ》と疑われたキャシオーは、問題のハンカチを落として行く。イアーゴーは舞台奥に忘れられたそれを拾い、しげしげと見つめる。そこでまた、何度目かの咳《せき》の発作に襲われる。口を覆ったハンカチは次の瞬間、鮮やかな赤に染まる。

最後。両腕を捕らえられ、なぜ、このような破滅を呼んだのかと問われたイアーゴーは、すっと顔を上げる。はらりと前髪が落ちる。

「こんにちただ今から、もう俺は一切口をきかない」

スパルタ犬め、と罵《ののし》られたイアーゴーは、六人の男に、硬直させた全身を高く差し上げられ、顔を逆さに客席に向けて、まるでハムレットのように退場して行く。彼女へのはなむけの言葉が、舞台に朗々と響く。

「――この極悪人の裁判をしてもらわなければならないから、時日、場所、拷問の方法を定めて下さい。うん、仮借《かしやく》なくやって下さい」

南条劇場の看板女優、パンフレットによれば、名前は河合由季《かわいゆき》。

勿論《もちろん》、演出によって動かされ、しゃべらされているわけだが、このイアーゴーの印象は強烈だった。

なかなか見られぬものを観たと思った。この世という幕の、向こうの人を覗《のぞ》き見たようだった。それは、いうまでもなく予感などではなく、ただ素直な感想だった。

だが、それから二週間と経《た》たぬうちに、彼女の舞台は、決して見られぬものとなったのである。

った。

6

《御意見御感想》の紙に、三人とも丁寧に書き込んだ。そのせいで、出るのが遅くな
通路に数人の劇団員が立ち、頭を下げつつ、アンケートを回収している。中の一人が、静さんに声をかけた。短めの髪を几帳面《きちようめん》に分けた、律義《りちぎ》そうな感じの青年である。

「洋々出版の方でしたよね」

静さんは入る時、会社宛《あて》の領収書を貰った。長机のところで、その男性としばらくやり取りしていた。だから、覚えているのだ。

「はい」

話があっても開演前ではあわただしい。エッセイ集が出るというのだから、きっと、そのことだろうと思った。

「ええと、『小説わるつ』というと、――あれに《覆面作家》という人が書いていましたよね」

千秋さんは、ととっとよろけ、帽子のつばを引き、さらに顔をぐっとうつむけた。

青年は『わるつ』に載った短文を読んだのだろう。

「あ、大丈夫ですか」

「アイ」

文字通り覆面でも被ったような顔のまま、変な声で答える。律義クンは、すぐまた静さんの方を向き、

「僕、あの人のファンなんですよ。ね、女なんでしょう？」

「さあ、どうでしょう」

「うーん、職業上の秘密か」と、真剣な表情でいい腕を組み、「まあ、どちらでもいいんですけれどね、結局は表に出たものが勝負だから」

「そうですよね」静さんは、そう受けて、ちょっとの間、視線を宙に浮かせた。そして、青年に顔を寄せ、「――あのですね、覆面先生、実は今度、劇団を舞台にしたものを書くおつもりなんです」

「ほう」

「それで、《誰かから取材をしなくちゃあ》とおっしゃってるんです。よろしかったら、ご協力願えます？」

千秋さんは、黒ずんだ階段の壁に手をついている。虫ピンでとめられた蝶々《ちょうちょう》のよう

だ。

「え。そうすると、——謎《なぞ》の覆面作家に会えるわけですか」

「そうなれば、そうなるでしょう」

変な答だ。相手は、無邪気に微笑《ほほえ》み、

「そりゃあ、楽しみですね。こっちからお願いしたいな」すぐに名刺を取り出し、静さんに渡す。「製作の中丸《なかまる》です」

日を改めて、御対面の運びになりそうだ。諸注意が必要だと思い、脇《わき》から、いってやった。

「世界社の岡部と申します。一言申し上げておきますが、サインは駄目ですよ。あの人、苦手なんですから」

向こうは大きく頷き、

「分かった。字が下手くそなんでしょう。読めなかったりして。——そうか、案外、不器用なのかもしれないな」

くくく、と笑う。千秋さんは、壁の指にくっと力を入れている。

「それから、カメラも駄目ですよ」

「ああ。秘密だから——」

「いやあ、レンズを向けられると、いきなり取り上げて、壊してしまう習性があるんです」

相手の口がぽかんと開いた。

ホールから出ると、とたんに《リョースケ！》と怒られた。

「いや、善意です。後で困らないように、補足説明をしてあげたんです」

「——だけどさ。知らない人が聞くんだぞ。あれじゃあ、あたしは野生の猿じゃないか」

「でも、カメラの話は事実でしょう」

ふん、と可愛《かわい》い鼻が、光るオリオンを向いた。その日は、そのまま解散となる。

コートの襟を押さえながら家に帰ったら、兄貴は、膝《ひざ》の辺りがアコーディオンのようにたるんだパジャマのズボンをはき、台所の椅子に座っていた。石油ストーブの上では、やかんが、しゅうしゅう湯気を立てている。後ろの硝子戸《ガラスど》が汗をたらたらとかいていた。

兄貴は、駅前で買ったらしい甘栗の山を、建て売り広告の紙の上に築き、一つ一つ取っては爪《つめ》を立てている。

「おう」

いうと同時に、指にぐっと力を入れる。ピーナッツや甘栗は、たいして欲しくなくても見てしまうと、妙に手が伸びるものだ。

横に座ってお相伴《しょうばん》しながら、南条劇場の話をしてやった。

兄貴は芝居の方に興味はないようだった。しかし、誰といったかを耳にすると、手元から眼を上げ、

「そうか。美奈子さんも一緒か」

ああ、と軽く相槌《あいづち》を打ちかけ、

「——待てよ」

「何だ」

「美奈子さんて、いったな」

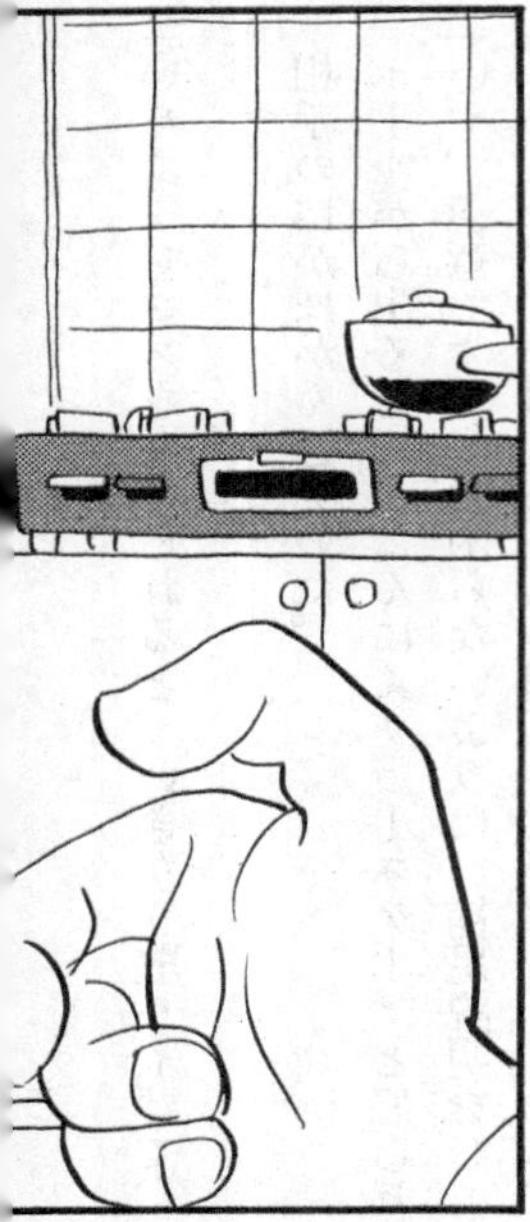

「ああ」

「誰のことだ」

「何をいってるんだ。その女の子だよ。去年の事件で世話になったろう。——静とかいったな」

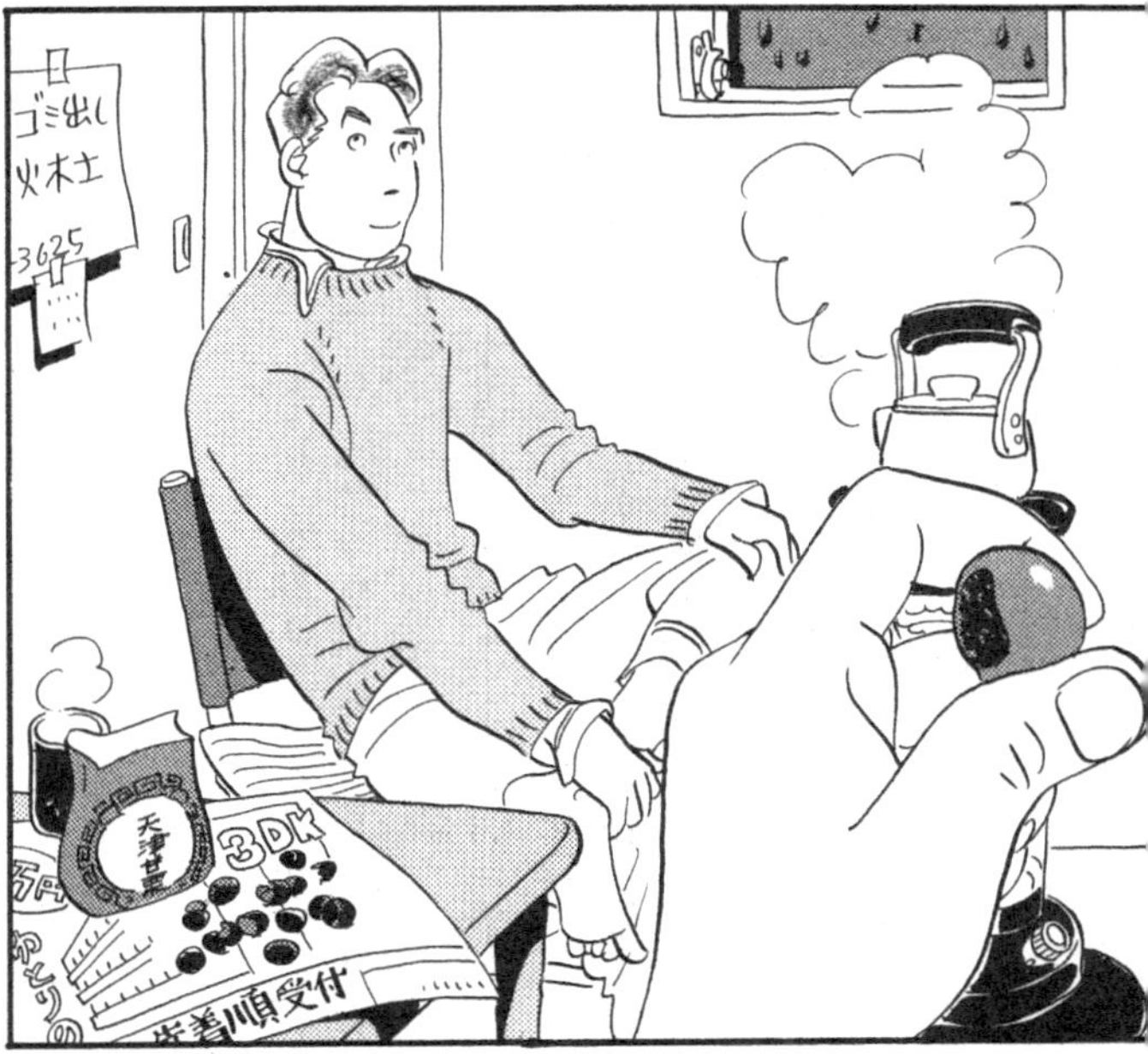

「名前までは教えてないぞ」

「あ、そうか。——いや天津《てんしん》甘栗」

「ごまかすなよ」

「別にごまかしちゃあいない。お世話になったから、ちょっと連絡をとってお礼をいったんだ」

　割りかけた殻《から》から紙の上に、ぽろりと落ちた栗のかけらを、兄貴は拾って口に入れる。

「ちょっと、かい」

「尋問するのか」

「黙秘するか」

兄貴は頭をかき、

「やましいことはないんだから、とやかくいわれる筋合いもない。丁寧に何度か礼を尽くしたよ」

「そりゃあ結構なことだ」

静さんと並んでいる兄貴を想像すると、顔形が同じだけに妙な気分になる。しかし、静さんだって、こっちに一言ぐらい、いってくれてもよさそうなものだ。

兄貴はのんびりと、

「だがなあ、異なる業種間の交際というのも面白いもんだな。世界が広がる。あっちの得意分野と、こっちの得意分野。それぞれに違うからなあ」

「ああ、そうかい。――しかし、あの人の連絡先は教えてなかった筈だぞ」

兄貴は、にんまりとして、椅子の上でふんぞり返る。

「お前、――警察の調査能力を、甘くみちゃいかんぞ」

分かったよ――といいかけて、はっと気づいた。どこかで聞いた台詞《せりふ》だ。

「……そうだったのか」

千秋さんの身元調査も行き届くわけだ。

「あん？」

「この、女に甘い、公私混同野郎め！」

立ち上がり、肩を持って揺すぶってやったが、

「はは、やめろ。テーブルが動く。栗が落ちる」

いっこうにこたえない。

7

二、三日、経《た》って、静さんから《取材》の話がどうなったか、連絡があった。
「覆面先生のお宅に、あの中丸さんを連れて行きますよ。何、あたしが外で必要事項だけ聞いて、すませてもいいんですけれどね。でも、あのイアーゴーの女の子が面白かったでしょう。その辺りを突っ込んだら、何と彼氏、由季さんと、ごーく親しいらしいんです」

「まあ、同じ劇団だからねえ」

「とぼけないで下さいよ。あたしのいってる意味はお分かりでしょう。ですからね、取材を離れて、その辺りのことをミーハー的に聞いても面白いと思うんです。作家先生には、何が栄養になるか分かりませんからね。勿論、編集者にも、です」

「――で、どうしてこっちが、その連絡を受けるの？」

「またまた、何をおっしゃるやら、一緒にお芝居を観た仲じゃありませんか。そういった話になるなら、そちらだって、ご興味あるでしょう？」

歌って踊れて、おまけに親切な編集者だ。こっちは、実は、静さんがいった別の言葉がひっかかっていた。

――一月中に、覆面先生のお宅に行った方がいいですよ。

どういう意味なのか、現地調査をしてみる気になった。

その日は、外回りの仕事がとんとんと片付いたので、予定よりも早く新妻邸に着いた。二時頃だった。

何度見ても大変な屋敷である。静さんの話を聞いた後だけに、玄関へのいつもの道を抜けながらも思ってしまう、――この木々の間を幼い千秋さんが、お母さんに手を引かれながら歩いたのだろう、と。

しかつめらしい顔をした、髭《ひげ》の石人を見上げ、千秋さんはどんな顔をしたろう。日を受けてつややかなセンリョウの、小さな小さな実たちを、可愛い手は撫《な》でたのだろうか。

「これはこれは、岡部様」

赤沼執事の無骨《ぶこつ》な声も相変わらずだ。ボクサーくずれのようだとは思っていたが、その通りといわれてみれば、決まり過ぎていておかしいくらいだ。

玄関口できょろきょろし、

「こちらは、新年に何か変わったことがあるんですか」

「はあ？」

別に、廊下で福引をやっているような様子もない。

「いえ、実は――」

事情を話すと、赤沼執事も首をひねってしまった。

「さあ……、格別、これといったことは」

「そうですか、おかしいなあ」

執事は前に立ち、厚い絨毯《じゅうたん》を踏みつつ、
《新年、新年。新年、新年》と口の中で繰り返した。お嬢様の部屋の前まで来て、その肩が動いた。

「おう！」

横に回り込んで、

「ありますか、特別なことが？」

「はい。……いや、静様はさすがに女の方ですなあ」

千秋さんがノックに答え、ドアを開いた。外ではラフな格好の千秋さんが、家の中では《仕返し》のように、よそ行きになる。

「いらっしゃいまし」

ふんわりと流れるアップの髪。いつもより、さらに楚々《そそ》と、お嬢様は頭を下げて迎えてくれた。真冬にも花は咲く。

千秋さんは、あでやかな振袖《ふりそで》姿だった。

8

シェークスピアの悲劇では、大体において登場人物は、ばたばたと死んで行く。引き算の大会のように、舞台は寂しくなっていく。

それが現実のこととなった。

千秋さんのお宅で、中丸君の話を聞いてから、わずかに一週間の後、帰って来た兄貴が、声をひそめていった。

「おい、お前、この間、《南条劇場》とかいう劇団の話をしていたな」

「うん」

今度は、こっちが先に着いて、ストーブの前にいた。人のことはいえない。自分のズボンも、膝《ひざ》がアコーディオンになっていた。

「捜査上の秘密で、家族にもいえんのだがな――」

「それじゃあ、お茶でもいれてゆっくりと聞こう」

「口が裂けてもいえんのだよ。何しろ、ことが殺人事件だからな」

穏やかでない。兄貴は着替えると、心を落ち着けるために、お茶を焙《ほう》じた。いい香りが男所帯《じょたい》に漂う。さて兄貴は、大きな茶碗にたっぷりとそれを注ぎ、椅子に座り、

「しかし、考えをまとめる上で、いったん話してみるのも、いいかもしれん」

「誰が殺されたんだ」

兄貴は、ふうっと、お茶を吹き、

「女優だ。河合由季」

えっ、と声を上げ、しばらく言葉がなかった。つれないようだが、切実な悲しみが湧《わ》くような知り合いではない。しかし、ぽっかりと前に穴が開いたような、一言でいえば、実に奇妙な気分になった。

舞台を観た。まず最初に心に焼き付いたのは、その姿だ。孤独なイアーゴー。卑怯《ひきょう》

で卑劣な策士の筈が、なぜか、巨竜の群れに立ち向かう騎士に見える一瞬さえあった。その不思議な姿。

新妻邸での話も、後半は彼女のことになった。中丸君の言葉は、舞台のイアーゴーの姿を一度裏返した。いや、この場合は表にした、といった方がいいのだろう。彼は、河合由季という一人の若い、ごく当たり前の娘のことを語ってくれた。

コンビニで売っている何とかいう梅の飴《あめ》が好きだ――などという、ごくありふれた、そして簡単な一刷毛《ひとはけ》一刷毛が、くっきりとした彼女の像を作っていった。見事な素描を見るようだった。他人には出来ない。心を寄せて、人を見ている者だけが出来ることだろう。

そして、今度は、そこで作られた娘の像が、ふっと消えた。

「どうして、また？」

「それは分からん。調査中だ」

「いつ」

「十九日の真夜中だ」

「昨日の今頃か……」

「ああ。上尾《あげお》の自宅でやられた。若いのに、一戸建てに一人暮らしだったそうだ」

「うん。それは聞いた。親一人子一人だったのが、高校生の時に父親までなくしたそうだ」

兄貴は、お茶を飲み、

「そんなことまで知っているのか」

「ああ、つい、この間、彼女のフィアンセだっていう男から聞いたんだ」

「フィアンセ？　中丸か」

「そうだよ」といったところで、あっと思う。

「――まさか？」

「いや、まだ何も分からんといったろう」

そして兄貴は、由季について知っていることを話せという。演出家との関係について説明してやった。

「南条劇場の主宰者が、南条弘高」

「うむ」

「その南条の友達が、埼玉の高校演劇の大会の審査員になった。その時のビデオを南条に貸したんだよ。面白い子がいるって。南条はそいつを、半年以上もほったらかしておいた。ある晩、気まぐれにそれを観て、翌日、朝早く由季の学校に電話をかけた。

結局、電話では住所を聞き出せず、業《ごう》をにやした南条は、そのまま学校に乗り込んだ」

「ほれ込んだわけか」

「そういうことだ。卒業したら、やってみないかといったんだ。こんなことは南条にしてもまれなこと、というか、河合由季だけにしたことだ。親父《おやじ》さんは、びっくりした。勿論反対」

「だろうなあ」

「由季の方は複雑だ。自分の好きな道の専門家に直接交渉されたんだから、プロの監督に入団を呼びかけられた野球部員のようなもんだ。心を動かした。そんな時に、断固反対していた親父さんが、交通事故で亡くなった。これが大きかったんだ。一人ぼっちになったところを、南条がさらにくどいたんだ」

中丸君は、そこで実にさらりと、由季が南条と特別な関係になったことを語った。兄貴は、顎《あご》を撫《な》でて、ただ頷《うなず》く。

9

「結局、卒業と同時に研究生のような形になった。一昨年辺りから舞台に出始め、その頃から劇団の人気も急上昇して来た。今では南条劇場をしょって立っているといっていい」

「ふーん、そうか」

これぐらいはもう知っているかもしれないが、兄貴は感心したように体を揺らす。

「実際、凄いオーラを持った役者だよ」

「――南条の目は確かだった、ということだな」

「そうだな」

「彼女と劇団の間はどうなんだ、うまくいっていたのか?」

「というと?」

「ほら、よくあるだろう、人気が出て来ると独立するとかいって揉《も》める騒ぎが」

「ああ、そうか。それは知らない。今のところは、あの劇団の舞台が好きでやってるんじゃないのかな。ただ――」

「うん」

「南条との間は、必ずしもうまくはないようだ」

そんなことは、先刻御承知かも知れない。何しろ、——警察の捜査能力は侮《あなど》れないのだから。

「ほお、そうか……」

さあ、今度はそっちの話を聞く番だぞ、といいかけて、目の前に《はてな》のマークが浮かんだ。

「おい、殺された場所は埼玉の上尾だったな」

「ああ」

「だったら、どうして兄貴が首を突っ込むんだ」

警視庁は東京の事件を扱う筈だ。

「もっともな疑問だ」

茶を啜り、茶碗を撫でる。安物だが、ゆったりとした唐津《からつ》で手ざわりがいい。

「早くいえよ」

「被害者の自宅からは南条と中丸の指紋が多数検出された」それはそうだろう。以前親しかった相手と現在の婚約者である。兄貴は重々しく続けた。「そして実はな、被害者が殺された時間に、その南条と中丸は、――揃《そろ》って池袋の劇団事務所にいたんだ」

「は」

おかしな話だ。

「――というわけで、まあ、埼玉県警のお手伝いということになったんだ」

「おい、ちょっと待てよ。それなら、別に問題ないだろう」

「何が」

「だって、被害者が殺された時間に東京の事務所にいたんなら、立派なアリバイ成立じゃないか。体が二つなかったら、殺せるわけがない」

「――だから、本当にいたかどうかを確かめたわけさ。別々に何度か話させたが、二人の証言はぴったりと合っていた」

そういういい方ならわかる。

「つまり、彼らの主張通りだったというわけか」

「うむ」

「どうして二人を調べることになったんだ」

「犯行現場の様子が、いかにも、知っている者を自分から中に通したという感じだったんだ。女が真夜中にだぞ。となると、容疑者の範囲も狭《せば》まるじゃないか」

「それはそうだ」

「親しい者は——というと、すぐに南条と中丸が浮かんだ。聞くと、その二人が揃って同一行動をしていたという。南条なんかは進んで指紋を取らせた。《僕の指紋が出る筈だ。僕のを引いて残ったのが、犯人の指紋だ》といってね」

「それも妙だな」

「しかし、南条というのは普通じゃないな。由季が死んだことで、あいつなりに動揺していたのかもしれんがね。高圧的になったり協力的になったりした。逆にいえば、妙な口を利くのが、似合ってもいたよ」

「そして、調べてみれば鉄壁《てっぺき》のアリバイか」

「ああ」

「……二人だけの行動だとしたら口裏《くちうら》を合わせていれば意味はないわけだ」

「そういうことだ。しかしな、ま、お前も知っているようだが、南条と中丸は、——被害者をめぐって対立関係にある二人だ。三角関係のもつれというのは、犯罪の動機としては、まことに古典的過ぎるがね。しかし、古典というのは、いつの世にも通用するから古典なんだ。去ろうとする女を殺してしまうというのは、新聞にも時々出て来る事件だ」

やはり、兄貴も人間関係はちゃんと、つかんでいる。

「とすると、南条が怪しい」

「理屈としては、な。ただし、捜査に先入観を持って臨むのは禁物だ」

「うんうん」

「何より、その南条のアリバイを、恋敵《こいがたき》の中丸が証明しているんだからな。これほど堅いことはないわけだ」

中丸君が、河合由季のことを語った時の、子供のような笑顔が頭に浮かんだ。思わず、ほうっと溜息《ためいき》をついてしまった。

「皮肉な話だな」

「う。ああ」

「――演出か」

白と黒の『オセロ』の、あの異様に冷たい世界が頭に浮かんだ。そのオセロの駒を動かした演出家――南条弘高。

「何?」

「いや、何でもない」

10

きらめくような才能の火が消えたことも、都会はあっさりと忘れて行く。

十九日真夜中の事件とあって、二十日の朝刊には間に合っていなかった。夕刊を後から見ると《女優、刺殺さる》という小さい記事が出ていた。これがテレビに出て顔を売っているアイドルだったら、扱いも違ったのだろう。いや、このまま小劇場の舞台にいても、さらに一年の猶予《ゆうよ》が与えられたら、彼女はきっと、はるかに《有名》になっていたろう。だが、河合由季の時計は停《と》まった。二十一歳だった。

次の日には別の大ニュースがあって、そのまま彼女の事件は時の波間に沈んで行くようだった。

例の『オセロ』は十日間の公演で、ちょうど幕を閉じたところだった。劇団としては、(不謹慎ないい方をするなら)助かったわけだが、逆に、そこを待って事を起こした、ということはあるだろうか。ちらりと、そんなことを考えてしまった。殺人という、最も非日常的行為と、そんな冷静な日常の計算は折り合わないような気はするが。

兄貴の方からは、その後の情報はない。行き詰まっているようだ。

「岡部さーん」真美《まみ》ちゃんが、電話の口を押さえて、「フクちゃんからよ。――ちょうどいいから、二月には十四日という日もあるって、教えといたら」

余計なお世話だ。受話器を耳に当てたら、うろたえた声がした。

「……締め切り、十四日でしたっけ」

「あ、何か聞こえましたか」

「……はい、かすかに」

「いやあ、大丈夫です。月末ですよ。二十五日でＯＫです」

「でも今」

「空耳でしょう。はっはっは」

「よかった。胸がどきどきしてしまいました」

「安心して下さい。で、原稿のことですか」

「いえ。申し訳ないんですけれど、別件なんです」

「はあ」

「この間、一緒にお会いした中丸さんという、劇団の方……」どきん、とした。「あの方から、お手紙をいただいたんです」

「はい」

千秋さんの声は、低く沈む。

「大変なことがございましたよね」

「ええ」

「そのことなんです。この前、三人でお会いした時、静さんが、わたくしのことを名探偵だと盛んにおっしゃいましたよね」

そうなのだ。去年の春と梅雨の出来事が、強烈な印象となって残っていたのだろう。まあ、それも当たり前のことだが。

中丸君は、お嬢様の天国的な美貌《びぼう》に、しばらくはポカンと口を開けていた。静さんは、そんな彼めがけて、ワンツーパンチを繰り出すように、しつこくいったものだ。《覆面先生って、お話の中の人みたいなんですよっ。警察が頭を悩ましている刑事事件の謎でも、手品師がシルクのハンカチの結び目でも解くみたいに、すらりっと解いてしまうんですよ！》。呆然《ぼうぜん》としている耳元に、これをやられたのだから、睡眠学習を受けたようなものかもしれない。

「……あれを、真に受けられたわけでもないとは思うんです。ただ、どうしても御自分のお気持ちが、整理お出来にならないようなんです。奇妙にひっかかるところがある。それを、人にお話しになりたい。……ですけれど、劇団の方にいうのは、はばかられる。それで……」

「あなたに聞いてほしい、と？」

「そうなんです」

「うーん」

個人に持ちかけられるには、あまりに重い話ではある。

「わたくしが、何を申し上げることも出来ないとは思うんです。でも、お手紙の調子が、あまり、お苦しそうなので……」

「引き受けたい？」

「はい。けれども……ことがことですし、わたくし一人でおうかがいするのも恐いような、心細いような気がしますから……」

この前、静さんが音頭《おんど》を取った会合の、思ってもみない再現となるのだ。

11

千秋さんの黒のドレスは、いうまでもなく弔意を表すものだろう。

静さんとこちらは、観客である。

中丸君は、思ったよりしっかりしていた。ただ、前は几帳面《きちょうめん》に分けられていた髪が、どことなく乱れている。こちらの気のせいかもしれない。記憶していたよりも、耳が大きく、頬《ほお》が張って見えた。

——申し訳ありません、と彼はいった。——いいえ、と千秋さんはいい、お茶をすすめた。カップは、闇の色に近い濃紺。沈んだ金で花が描かれている。受皿にのったカップが動き、白い湯気がうなだれるように横に流れた。

中丸君は、ゆっくりと話し始めた。

「あの日、一番はっきりしたアリバイのあるのが、僕と南条先生なんです。だったらそれでいい筈なのに、とげが、それもねじ曲がったとげが胸に刺さっているようで、どうにもならないんです」

「ということは……」

「そう口を切ってしまったのだから、もうごまかしようもないわけです。自分の気持ちを、そのまま出すしかない。つまり、僕は南条先生を疑っているのです」

「それは、……簡単にはいえない言葉ですわね」

「そうなんです。だから僕は、自分がどうかしてしまったんじゃないかと思うんです。

――どうかする要素なら、ちゃんとありますから」

「つまり、やり場のない憤懣《ふんまん》が、ただ南条さんに向かっただけではないか――と」

「そう。それならいいと思うんです。ただの馬鹿な男の妄想だったら。でも、もし、そうでなかったら、河合さんは浮かばれないと思います」

千秋さんは、床の絨毯《じゅうたん》の、連なる蔦《つた》の葉の模様を見つめつつ、

「犯行の不可能なのが、たまたま、あなたと南条さんだとおっしゃいましたよね」

「はい」

「それなのに、どうして南条さんを疑うのですか」

「言動です。南条先生の様子から伝わるものです。それは勿論《もちろん》、僕は色眼鏡で見ているせいかもしれない。しかし、僕に対しては、まるで犯行をほのめかすようなところを、ちらりちらりと見せるのです」

「それは、あくまでも、《ほのめかすようなこと》ですね」

「ええ」

「この前もおうかがいしました……南条さんは、かなりエキセントリックな方だと。としたら、離れて行こうとする女性が亡くなられた時、奇怪ないい方をするのも頷けますが……」

「おっしゃる通りです」

　しばしの沈黙。

「……それでは、つまり、あなたのお話をうかがって、《やはり、お考えのようなことはあり得ない》と、確認出来ればよろしいわけですね」

「――そうなんです。冷静にそういっていただければ、自分の気持ちのとげが抜けると思うんです。でないと宙ぶらりんで、退《ひ》くも進むも出来ない感じなんです。だから、常識の側《がわ》から見た一言をかけていただきたいんです」

「……問題の日は、十九日でしたわよね」

「はい」

「あなたと南条さんは、ずっと一緒だったんですね」

「そうです。あの日は事務所で、雑談風に次の公演の打ち合わせをやっていたんです。夕方、それが終わって解散しました。でも先生が、特に僕と話がしたいとおっしゃったんです」

「そういうことって、よくあったんですか」

「打ち合わせの後に、食事や飲みに行くのは普通です。でも、名指しで僕と二人だけというのは、初めてでした」

「おかしいと思いました？」

「いえ。河合さんのことがありましたから、そういうことを話したいんだろうなと思いました」

「あなた方のことは南条さんは？」

「知っていました。彼女からも、僕からもいってあります」

「反応は？」

「何といったらいいんでしょう。無視するというか、――そんなことは《ない》という様子だったんです。聞き流すにしても、嫌だから避けるというより、ただ風の音でも聞いたような、そんな感じでした。困りましたけれど、逆にいえば、揉《も》めもせずに承認していただいた――ともとれるわけです。――まあ、勿論、大人ですから、別に承認も何もないわけですけれどね。でも、先生は劇団の主宰ですし、彼女も引き立ててもらって、ここまで来たわけです。先生には、《僕たちはこうなりました》とちゃんと伝えておきたかったんです。で、《先生はプライドがあるから、もう彼女のことなんか眼中にないふりをしているんだな》と思いました。勝手にそう解釈しました」

「……それで、当日の南条さんは、どんなことを話されたんですか」

「これといったことはないんです。事務所が池袋ですから、駅の辺りに出て、食べて飲んで。こっちの方がじれてしまいました。二軒目のバーでアルコールの力も借りて、はっきりいいました。《河合さんは僕と結婚します。目障《めざわ》りなようなら僕は出て行ってもいい。でも、あの人は先生の舞台に残していただきたいんです》」

「それは河合さんの希望ですか」

「いいえ。僕の希望です。やっぱり先生はたいしたものだと思っているんです。由季の、僕なんかにはとっても見えない面を引き出して、磨いて舞台の板に乗せる。それが、先生には出来るんです。演出家としての先生と役者としての由季の間の糸を切ってしまうのは、いけないことだと思ったんです」

「南条さんは？」

「上機嫌でした。直接的ないい方はしないんです。でも、――ちょうどローリング・ストーンズの新しい曲がかかっていたんです。バラードの時は、かすかに聞こえる程度だったんですが、本来のロックになった。音の波が大きくなった。そこで、先生、にこっと笑って、《今、キスっていったな？》」

「え？」

「歌の文句を聞き取ったんです。そこでね、テーブルの上の紙ナプキンを広げて、ペンを出し、大きな唇の絵を描いたんです。笑った唇を、自分も笑ったままで」

12

異様に大きな、分厚い唇が宙に浮かんで見えた。猫の鳴くような、古い戸の開くような音を立てて、それが上下に分かれる。口は暗く、何もかも飲み込んでしまいそうだった。

「そして、いいました。《きみ達に特大の接吻《せっぷん》を贈るよ。しみったれたＳＳサイズじゃあない、大きな大きなＬＬサイズだ》」

お嬢様は世間にうといから、御存じかどうか分からない。だが、こっちは知っている。ローリング・ストーンズの新しいＣＤはおなじみの《口》のデザインの変更が評判になった。ぺろりと出した軟体動物のような舌の一面に、不気味な《とげ》が生えたのだ。

「――ぼくは、とにかく、それを先生の祝福だと解釈しました。《ありがとうございます》というと、先生は、《とにかく、飲め》とウィスキーを勧めました。僕は、いささか感激しつつ酒を重ねました。先生は、今日は泊まって行けばいい、といいました」

「南条さんのお宅はどちらなんですか」

「さっきいった事務所です。一人ですからマンション暮らしで、その前を事務所に使って、後ろの方を個人の住まいにしているんです。地の利はいいし、何より便利だそうです」

「それはそうでしょうね」

「はい。僕は、いわれるままに、そうすることにしました。すると先生は、由季に電話しろというんです」

「その場で、ですか」

「はい。《打ち合わせしたいことがある。しかし、こんなうるさいところじゃ落ち着いた話も出来ん。夜中には、こっちも事務所に着いてるだろう。十二時に電話をくれるようにいっといてくれ》」

夜、早く眠くなる千秋さんは、

「随分、遅い時間に、ですね」

「いや、我々なら宵の口です。だったら、その時に、直接、先生がかければいいようなものですが、《飲んでいると、うっかりして忘れそうだ。一本、入れておいてくれ》といわれました。そうか、と思って、上尾の由季の家に電話しました」

「南条さんと由季さんの間は、その……ちゃんと清算されていたんですか」

「由季の側からは、去年の秋にはもう終わったと、はっきりさせていました。――先生の方は、僕に対するのと同じです。しつこく復縁を迫るということもなかったようですが、これといった態度も言葉もなかった」

「そのままで数ヵ月……」

「そうです。二人とも、変ないい方ですけれど、――気味が悪かったんです。だから、電話で《先生が祝福してくれた》と伝えました。由李も喜んでいました」

「その時は……お元気だったんですね」

「はい」

「で……それから?」

「電話が終わると、しばらくして先生は、《事務所の方に行こう》といいました。そっちに移ってから、また酒を飲みました。珍しく先生の演劇論が聞けました。終始とろんとして、なごやかで、とてもいい雰囲気でした。由李からの電話のことも忘れていました。先生は《そうだ、電話だ》といい――」

「河合さんにかけた?」

「いいえ。それは劇団の別の奴への電話です。繋《つな》がって、ちょっと話しているところへ、もう一台のベルが鳴りました。僕が、取ろうかと、立ちかけたんですけれど、先生の話も終わったところでした。かかって来た電話を取ると、ちょうど十二時だったんですね、由季からでした。先生は、《今度は『マクベス』をやらないか》と持ちかけました。マクベス夫人じゃない。マクベスです。その会話が終わると、先生は腹が減ったといって夜の買い物に出たんです。もともと強くない方の僕は、断れない酒を飲み過ぎて、少し気持ちが悪くなっていました。だから、これ幸いと、ソファを倒して横になったんです。うとうとしているところに、先生が電話をかけて来ました。《気に入った煙草《たばこ》がないから、もう少し探してみる。先に寝ちまってくれ》といううんです。いわれた場所から毛布を引っ張り出して、後は前後不覚」

「気がついたのは朝ですか」

「そうです」

「南条さんは？」

「先生は、御自分のベッドで気持ちよさそうに寝ていました。起こされたのは電話のベルで、でした。警察でした」

河合由季が殺された、という知らせだ。身寄りのない彼女である。南条に電話がかかるのは、この場合、自然だ。

「死亡推定時刻は、深夜の十二時。我々が電話を受けた直後ということになります」

「そんなに細かくは、分からないでしょう？」

「いや、十二時半頃に駅前交番に電話があったそうです。《人が死んでいる》という」

「でも、河合さんは家の中でお亡くなりになったのでしょう？　外から見ても分からない」

「ですから、犯人からの電話だろうということです。そういうこともあるそうです」

「声は？」

「勿論、変えていたそうです」

千秋さんは、少し考え、

「……で、警察が事務所に来たのですか」

「いや、すぐに我々の方から現場に行きました。先生の車で」

中丸君は、低い声で付け足した。

「――上尾まで、高速を使ったら一時間かかりませんでしたよ」

その声は、真夜中ならもっと速いでしょう、といっていた。

13

千秋さんは、目を伏せ、押し黙ってしまった。中丸君の話も、それ以上はないようだった。

たまりかねたように、静さんはいう。

「つまり、中丸さんにお酒を飲ませて、時間をごまかしたんじゃないか、ということですね」

「そうです」

「腕時計を見たら分かるじゃないですか」

中丸君は、くっと手を折り、ジャケットの袖口《そでぐち》を下ろした。

「——してないんです。先生も知っていました」

静さんは、目を見開き、次いでゆっくりと、

「仮に一時間ごまかされたら、気づいたと思いますか」

「いや。——夕方から、あちこち動いていましたから」

静さんは、そこで皆《みん》なに向けて、

「だとしたら、疑問の余地は、確かにあるんじゃないですか。河合さんからかかって来たという電話は偽物《にせもの》だった。そうですよ。《十二時にかけてくれ》も何もない。事務所に着いたんだったら、すぐに自分から電話すればいいわけでしょう。それをしなかったというのは怪しいわ。——その時間は十一時だった。これよ。進めた時計を見せた後で、中丸さんを寝かせる。後はフリーです。十二時前に、上尾に駆けつければいい」

中丸君が憂鬱《ゆううつ》そうに、いう。

「だったら簡単ですがね」

「え？」

「まず、問題の電話の直前にかけていた相手、――これが劇団の坂上《さかがみ》という役者ですがね、確かに、その電話を十二時に受けたというんです。さらに、かかって来た由季の電話には――僕も出ているんです」

二重の証明だ。とすれば、中丸君は、死の直前の婚約者と、それとは知らずに会話を交わしていたことになる。静さんは、一、二度息をつき、意を決したように、

「河合さんの声でした？」

「間違いありません」

「もしかして――録音とか」

「いいえ。『マクベス』の話の後でしたから、《君がやれば、凄《すご》い舞台になるよ》と興奮してしゃべりました。彼女は、それにあったことを答えてました。線の向こうに、ちゃんといたんです」

「だったら、彼女がたまたま、一時間早くかけて来たのよ。それを南条さんが利用した」

「いや、僕は《十二時にかけてくれ》といったのです。彼女は、そういうところはき

ちんとしていますよ」

「だったら、だったら——」静さんは出口を探す。「そうよ。南条さんが、こっそり電話したの。河合さんの家に。《さっきはああいったけれど、事情が変わった。電話は、十一時にかけてくれ》って」

「僕たちは、ずっと一緒でした。先生が訂正の電話を入れる機会は、なかったと思います」

静さんは、口を一文字に結んだ。それがすぐにへの字になり、そして、

「岡部さんは、どうお考えになります？」

どうもこうもない。

「ごく素直に考えれば、中丸さん達が《池袋の事務所に、十二時にいた》というのは、確かでしょう。被害者自身が十二時であると、証言しているようなものです。違うとすれば、状況総《すべ》てが嘘《うそ》、つまり二人の共犯ということしかありません。それも、まず考えられない。としたら、中丸さんにも、そして南条さんにも、犯行は不可能です」

被害者の心をコントロールできない限り、電話を一時間早くかけさせられない限り、この結論は揺るがない。

静さんは、首を振り、

「これがアメリカだったらねえ」

「何ですか」

「いえアメリカだったら、国内に時差というやつがあるでしょう。東京と埼玉の間には、それもない」

中丸君は、千秋さんを見つめた。

「いかがです」

千秋さんは、いきなり後ろから脅《おど》かされた女の子のように、びくりとした。

「あ。……あの、わたくし」

「はい」

「……少し、考えさせて下さい」

中丸君のもやもやは、解決しそうにない。

14

《かちどきばし》という黒い字がアーチの上に書かれている。歩いて渡る。

昔、隅田《すみだ》川は大川といわれたそうだ。自分の足で歩くと、まさにそうだと分かる。

銀座《ぎんざ》からわずかに来ただけで、これほど広い流れに会える。せわしない《都会》東京で、毎日、建物と道路しか見ていない身には、嘘のようだ。

午後の光は、川がゆったりと進む先から逆にやって来る。光は、左手はるか遠くのビル街を、くっきりと一点一画正確に見せ、右手の手摺《てす》り越しの風景は、まぶしいほどにきらきらとした輝きの中に溶けている。

直下の水は遺憾ながら、産湯《うぶゆ》に使えそうにはない。江戸っ子も今では、おぎゃあと生まれて、さてどうしようと困るわけだ。水上バスが——つまりは客を乗せた船が、そこだけは白い波を舳先《へさき》から船縁《ふなべり》に飾って、橋の下をくぐって行く。

脇の車道は渋滞中。見比べると、千秋さんの足の運びが小気味よい。鳶色《とびいろ》のハンチングの下の耳が、川風を受けて冷たそうだ。

「寒くありませんか」

「へっちゃらだい」

銀座での打ち合わせの後、千秋さんが《歩こう》といい、こういうことになった。風景が変わったところで、気分も仕事とは切り替わり、いつ口にしようかと思っていたことがすらりと出た。

「この間の件ですけれど」

千秋さんは、くっと足を速めた。

「うん」

「ローリング・ストーンズ好きが同僚にいます。単行本の方に移った大島《おおしま》という男です。廊下でそいつの顔を見た時に、この間の話を思い出しましてね、《そうだ、キスを教えてくれ》といいました」

「変だなあ、そりゃあ」

「ええ。大島の奴、たたっと逃げました。《そうじゃないんだ》と壁まで追い詰めて、くわしく尋ねなおしました。《キス》という言葉が、新しいCDじゃあ、どんな形で出て来るのか気になったんです。《待ってくれ》といい、頭の中でCDをかけているようでした。早回ししながら、何曲めかに行ったところで《分かった》とストップ。それがね、――《毒の口づけ》でしたよ」

千秋さんはブルゾンの肩越しに、ちらりとこちらを見た。あまり先入観を与えるのはよくないだろう。しかしこれは、知ったらしゃべりたくなる。

「シェークスピアの専門家なんだから、英語も分かるわけでしょう。《ア・ポイズン・キッス》というのを、すんなり聞き取れたのかどうか、分かりませんがね。それにしても、あんまり愉快な暗合《あんごう》じゃあありませんね」

とげの舌に毒の口づけでは、出来過ぎている。

千秋さんは、直接そのことについては論評せず、

「南条はさ、舞台じゃ、河合さんを思うように動かしたわけだよね」

外では、南条弘高が呼び捨てになっている。気に入らないところがあるのだろうか。

「そうですね」

「歩かせることも、寝かせることも、恋をさせることも、死なせることも、何でも出来たわけだよね」

「はい」

「自分が頭で思うことを、河合さんにさせられたわけだ。なあ。人の頭の中のことって、どこまで他人に向かって手を伸ばせるんだろう」

しばらく歩くと運河である。かかるのは黎明《れいめい》橋。

「それは——横恋慕《よこれんぼ》から愛、それから思想、信念まで含めてのことですか」

「そうだよな。考えたら話はそこまで行っちゃうよな。《信念のためなら死ねる》——そいつは分かるな。けど、《信念のためなら殺せる》——となったら、あたしには分からない。でもさあ、主義主張のために殺される人って、世界に数限りなくいたし、いるし、これからもいるわけだろう。他人の胸の中にある秤《はかり》にかけられてさ。だとし

たら、そんな働きの出来る頭や心なんてものが、どうしてこの世にあっていいんだろう」

心は人を食うことがある。それを考えているのが、他ならぬ自分の頭であり、心であるのをもどかしがるように、千秋さんはこぶしを小さく合わせた。

15

「何ですか。お屋敷の家具を新調するんですか」

右に折れたところに、大きな家具屋さんのビルがあったのだ。千秋さんは、すたすたと入る。受付で名札を貰うと、慣れた様子で、階段を上り、

「すみませーん」

二階は《家具の博物館》。へええ、と思った。

「よく知っていますね」

「いつだったか、たまたまね、通りかかったんだよ。一回入って、それから、あたしのお気に入りの場所なんだ」

「秘密の？」

「そう。——すみませーん」

ようやく奥から、中年のおじさんが出て来た。すいていることは確かだ。お忍びのデートなどには最高の場所ではないか——と不謹慎なことを考える。

さして広くはない会場に、雑多なものが置いてある。進駐軍の椅子《いす》。『舌切り雀《すずめ》』に出て来そうなつづらから、木目の綺麗《きれい》な桑の家具、パミレケ族の蜘蛛《くも》脚文様《あしもんよう》腰掛けから宇宙船に似合いそうな椅子まで——と、幅広い。マニアが見たら喜びのあまり、つい上に乗って座り、動きたくなくなるような、味のある箪笥《たんす》もずらりと並んでいた。

千秋さんは、すっと右手の硝子《ガラス》ケースに寄った。

「これ見なよ」

「何です」

千秋さんは、中とこちらの顔を見比べるようにして立っている。

「ほう」

「可愛《かわい》いだろう」

「ええ」

そこにあったのは、いくつもの小さな椅子だった。それぞれに丹念な細工《さいく》が施されている。細い細い籐《とう》が編まれていたり、小さな美しい花模様の布が張られていたりする。家具史に残るような椅子の、精密なミニチュアである。「可愛いって、どういうことだろう」

「は」

千秋さんは、ちょっぴりじれたように、

「小さいものって可愛いだろう」

「そうですね」

「あたし、今、これを見下ろしてる。そして可愛いと思っている」

「はい」

「だとすると、そういうのって、生意気じゃないかな」

「――といいますと？」

「小さいからっていったらさあ、この子達は、自分が《座れない》から、《椅子じゃない》から《可愛い》と思われたわけじゃないか。それって、この子達に失礼じゃない？」

いろいろなことを考えるお嬢さんだ。

「いや、それは違うと思いますよ」

「どうして」

「この椅子は《椅子》じゃあないからです。これは人間が《座る》ために作られたものじゃない。だとしたら《可愛い》というのは実に妥当な感想だし、不遜《ふそん》でも失礼でもない筈です。――たとえば、ほら、この椅子を作った人は、上から見て作ってはいませんよね」

千秋さんは、聞き分けのいい生徒のように、じっと硝子越しに中を見つめた。小さなそれには、幻の人々が腰を下ろそうとし、腰を下ろし、あるいは立ちかけているように思えた。

「――同じ高さから、大変な愛情をこめて作っていますよね。それが伝わってきますよね。それがなかったら、これだけのものは出来ないでしょうし、それがあるから、僕たちも、素直に《美しい》とも《可愛い》とも思えるんじゃあないですか」

「でも――でもさあ」千秋さんは食い下がった。「相手が人間だったら、どうなんだい」

「はい？」

「《可愛い》っていって、いいのかなあ」

微笑《ほほえ》んでしまう。その潔癖さは、若さによく似合う。

「いわれたら、腹が立ちますか」

お嬢様は、フン、と明後日《あさって》の方を向き、

「あたしが可愛いわけ、ないだろーが」いっそ《ねえだろーが》といいたかったのかも知れない。いやはや。「——そんなこといって、はぐらかすなよ」

「じゃあ、答えます。《可愛い》といっても、いわれてもいいんです」

「どうして」

「人間は不思議な生き物だからですよ」

「…………」

「——ミニチュアの椅子にも、座れる椅子にもなれるんです。時に応じ、場合に応じ、相手に応じ。そうでしょう。無限に弱くなって支えられたり、無限に強くなって支えたり出来る。可愛くない人が、ひょいひょい可愛くなることなんか、ざらだし、その逆だってある。だからね、時に応じ、場合に応じ、相手に応じ、心をこめた《可愛い》は、素直にあげていいし、もらって、じっと抱き締めてもいい言葉なんですよ」

ころころ替わるのが、お得意なのは外ならぬお嬢様御本人である。その千秋さんは、すっかり感心したようだ。胸のつかえが取れたように、その場でぽんぽんと跳び、晴れ晴れとした顔をして、

「リョースケ、お前、いいこというなあ。——人生の師だよ」

もっと別なものになりたい。

とにかく、こんなことを千秋さんがいい出したのも、例の事件があるからだ。南条弘高の《愛》の形に、漠然と疑問を抱いたのだろう。一方が一方を勝手にコントロールするような、そんなイメージを抱いたのだろう。話題をそこに返した。

「ところで、さっき話した件なんですが――」

「うん」

「南条弘高の顔を見てみますか」

「そんなチャンス、あるのかい」

「彼がエッセイ集を出すといっていたでしょう。そのお祝いの集まりがあるそうです。そんなに大掛かりではありませんが、ホテルの一室を借りて、立食パーティをやるようです。行ってみますか」

「そうだな。その方がいいな」

突っ込んでみた。

「どうなんです。やはり、気になるところがありますか」

「そりゃあそうだ。何といってもあの、大きな唇を描いた、っていうところ。あれが嫌だな」

こちらと、同じだ。

「そうですね」

「殺人事件の起こるすぐ前だからな。《SSをLLに》っていうのは、凄《すご》すぎる」

「は」

「は、じゃないよ。南条は、いったんだろう。《それを贈る》って」

「ええ。それがどうかしましたか」

千秋さんは、硝子ケースを背に、くるりとこちらを向いた。そして心底《しんそこ》、驚いた様子で、

「何いってんだ、リョースケ、《KISS》の《SS》を《LL》にしてみろよ！」

16

KILLの文字が、古時計のローマ数字のように円形に配置される。

その中心に自分がいるような落ち着かない気分で、二月十四日までの日を送った。

——別にバレンタイン・デーだから、どうこういうわけではない。その日に、南条弘高の出版記念パーティがあったのだ。

なるほど千秋さんに指摘されてみれば、演出家がいったのは、確かに《凄い》言葉である。シェークスピアは言葉の遊びが好きらしい。その劇を年に何本も手掛ける南条弘高。彼が犯人だとしたら、日常とは掛け離れ、犯罪の舞台にいる異様な興奮の中で、つい――口を滑らしたのだろうか。

だとしたら、その後の犯行はどうなされたのか。

あれこれ考えている内に、大時計の針はカチカチと進み十四日になった、というわけだ。

出版祝いの会場は日比谷のホテル。直前まで千秋さんのお宅で打ち合わせをやっていた。

《行く先がそういうところなら、お車でいらっしゃればいい》という赤沼執事の提言で、とんでもない高級車に同乗することになった。

千秋さんは、ボタンの大きな、インクブルーのハーフコート。車の中でも脱がない。その下の上着も同じ色だが、大きな襟だけが鮮やかに堅く白い。帽子は、それより柔らかな白。雪のようにふわりと被《かぶ》っている。

「南条弘高が、ですよ、犯人だったとしますよね」

千秋さんは腕組みをし、前方を見つめたまま答える。

「うん」

「だとしたら、犯行方法というのは、この前、話に出た通りでしょう？　時間をごまかして、やりくりした。つまり、被害者の電話が、実際より早かったに違いない」

これは、千秋さんに対しての言葉というより、自分の考えを整理しているのである。

「まあ、それしかないだろうな」

でなければ、犯行の時間をひねり出せない。

「しかし、いくら南条弘高が演出家、河合由季が劇団の女優でも、舞台をおりての行動まで操れるわけがない。とすれば、彼が、何らかの形で、特別な指示を出したに違いない」

違いないを積み重ねて行けば、真実に至れるに——違いない。続けてみる。

「一番強引な方法は、前もって、指令しておくことですよね」

「というと？」

「被害者に、事前にいっておくんですよ。《十二時に電話してくれ、という連絡が入るが、それは偽の連絡である。当たり障《さわ》りのないよう、分かりました、と答え、実際は十一時にかけてくれ》と」

千秋さんは顔をしかめた。

「変な話だと思わないかい」

「思います」

「納得しにくいよなあ。なぜ、そんなことをいわれるのか。しかしまあ、現実っていうやつは案外いい加減なものだから、それだって押し付ければ、通るのかもしれない。相手がどう思おうとかまわなければ、可能なのかもしれないよ。——だけどなあ、何だかしっくり来ないぜ。南条がやったとすれば、完全な計画犯罪だろう。その《計画》という言葉とマッチしないんだよな。調子のはずれた歌みたいだ」

「彼がつけそうもない演出だ、ということですかね」

「演出ですらないだろうよ」千秋さんは、眉《まゆ》を上げ「それじゃあ、お客さんが満足しない」

驚いた。

「お客さん、て誰です」

お嬢様は、かぶせるように答えた。

「南条自身さ」

なるほど、南条弘高は、この芝居の、演出家であり、主演男優であり、総《すべ》てが見渡せる席にいる観客なのかもしれない。

「となると、別に連絡方法を考えなければいけませんね。——中丸君は、《二人は密着していた、行動を完全に共にしていた》といっていました。しかし、トイレぐらいは行ったろうから、確実とはいえませんね。——それに今は、携帯電話というものがあります。ほんのわずかの隙《すき》があれば、——極端なことをいえば、バーのカウンターからでも河合さんにかけられたんじゃあないでしょうか。そして一言いえばいい、《電話は十二時にしてくれ》」

「ふむ」

千秋さんは、これには格別の論評を加えなかった。そうかもしれないし、違うかもしれない、といったところだろう。

17

都心に入り、前後左右をびっしりと車が埋めて行く。少し日は伸びたものの、夏とは違う。東京はすでに、光を散らした華やかな闇《やみ》の底に沈んでいる。

ふと、思いついた。

「ああ、そうだ。時差の話も出ましたよね。あれを使うというのはどうです。これだったら、格別、連絡をしなくてもいいわけだ」

「どういうことだい」

ちょっぴり得意になる。車は、滑らかに進んで行く。

「つまりですね。上尾の家に、前の日あたりに行くわけですよ」

「南条が？」

「そうです。そして、家の時計を全部進めておくんです。これなら、どうです。被害者が十二時のつもりでかける。しかし、実際は十一時じゃありませんか。電話の後で、南条は池袋を飛び出し、上尾で犯行を行う。その後で、時計を元に戻しておく。何の面倒もありません」

千秋さんは、首をかしげた。

「かなり面倒だと思うなあ。それに、河合さんが昼間、外に出たらどうだい。もし、電車にでも乗ったら、すぐ時間のずれに気が付くぜ」

「……だから、きっとあの日は、出る用事が無かったんですよ」

「仮にさ、いくら家にいて、のんびりしていても、時間のずれに、一日、気付かないものかなあ。地下室に閉じこもっているわけじゃあないんだぞ。それに、もしテレビをつけたらどうなる？」

そういわれると、ぐらついて来る。夕暮れ時の光の変化が一時間違えば、これは妙だと思いそうだ。

「だ、だからですね。被害者は新しい舞台の練習をしていたんですよ。熱中すると、周りのことが目に入らなくなる。そう、それに家には、テレビもラジオもなかった」

「どうかと思うなあ」

この理論のいいところは、居直れる点にある。

「まあ、――そりゃあ、難しいかもしれませんけれどね、別にうまく行かなかったら、それでいいわけですよ」

千秋さんは、すらりと受けて、

「そうだよな。十一時に電話がかかって来なかったら、実行を取りやめればいい。それだけの話だものな」

見抜かれている。

「そ、そうです」

黒塗りの車はホテルの正面玄関に滑り込んだ。出版関係のパーティではよく使われる、日本一有名なホテルだ。

いつも、こちらは地下鉄の駅から歩いて来る。乗り付けた車のドアを、人に開けてもらっても、くすぐったくて落ち着かない。貧乏性なのだ。千秋さんは、すたすたと回転ドアに向かっている。細みのジーンズが、もともとそうなのか、あるいは千秋さんがはいているせいなのか、光るような瑠璃《るり》色に見えた。

打ち合わせた時間通りに、会場の入り口に顔を出せた。

静さんが待っていてくれた。直接、南条の担当ではない。しかし、洋々出版の社員なのだから、出版記念のパーティに潜り込むのは、簡単なことだ。

「……どうも」

いつもの元気な声ではなく、ひっそりといい、中へ招いた。

受付にはもう人がいない。始まってかなり経《た》つのだ。こちらとしては、関係者の挨《あい》拶《さつ》を聞いても仕方がない。するりと入り、南条弘高の人となりをそれとなくうかがえばいい。

入るとすぐ、手が空いていると見たサービスの人が寄って来る。飲み物を受け取る。つい、おせっかいに後ろを振り向き、

「こちらは、ジュース」

「自分でいうよっ」

がさつな客である。

思った以上の広間を使っている。劇団の人間だけでなく、テレビの関係者も多く来ているようだ。歩行者天国なみの混雑である。南条がマスコミ受けする人間なのだと、改めて思い知る。

「南条、どこにいるんだろう」

「もう入り乱れていますからね。とにかく、ぐるりと回ってみるしかない」

孔雀《くじやく》のように着飾った女の子を、あちらこちらに見かけた。しかし、誰もがけばけばしく、千秋さんほどに魅力的ではない。変なところで、嬉《うれ》しくなってしまう。

会場をL字に曲がって、少し行ったところで、突然、硝子《ガラス》の割れる音がした。いつ、どこで聞いても、どきりとする破壊音。思わず足を止め、横手を見る。

黒のタートルを着た男が、右手を宙に浮かし、こちらを――正確にいえば、千秋さんを凝視していた。

玩具《おもちゃ》のような太い鼈甲縁《べっこうぶち》の眼鏡《めがね》をかけている。やや面長《おもなが》。前髪を左にやや長すぎるくらいに垂らしていた。

南条弘高だった。

浮いた手の、開いた親指と人差し指の真下には、氷柱《つらら》が落ちて砕けたように、ワイングラスの破片が散っていた。大きな花びらほどのかけらが真ん中にあり、舟形に反《そ》った内に、わずかな赤ワインが盛り上がっていた。それが、酒というより、どろりとした液体のように見えた。

18

こぼれたワインは、えび茶のカーペットに吸われ、その色を濃く染めていた。

千秋さんは、つかつかと南条に近寄った。何をするのかと思うと、腰をかがめ、割れたかけらを拾い出した。反射的に、こちらも手伝ってしまった。

「これは、失礼」

悪気のなさそうな声がして、もう一人の手が加わった。南条である。三人がパーティ会場で丸くなってしゃがんでいるという、妙な格好になってしまった。

勿論《もちろん》、あっという間に制服のホテルマンに、その仕事は奪われてしまった。南条には、すぐさま替えのワイングラスが渡された。

「とんだお手伝いをさせてしまいました」

こちらも働いたのだが、南条の言葉は、総《すべ》てお嬢様に向けられている。まあ、目と心を奪われるのも無理はない。ひがまずに納得しておこう。

南条はこの場の主役らしからぬ、タートルにジャケットのくだけた姿。くつろいだ様子だ。やせ型の才人――と聞いてイメージするような神経質そうなところはなく、むしろ、無邪気に見える。

千秋さんは、しっかりと男の視線を受け止め、

「――わざと落としたね」

ローストビーフの皿をもった男が、二人の間を突っ切りそうになり、気づいてよけて行った。

南条は、一瞬、とまどいの色を見せた。

それから、夜空で上弦《じょうげん》の月が笑うように、唇の端をきゅうっと上げた。

「分かりましたか」

にこやかに認める。

どうやら、指摘の内容にではなく、千秋さんのきつい調子にとまどったらしい。なるほど、天国的な美貌《びぼう》から繰り出されるべらんめえの台詞《せりふ》は、初めて聞く人には、吹き替えを間違えたテレビの洋画のように奇妙だろう。

「分かるさ。《どうだ、こっちを見ろ》という顔してたじゃないか」

「いやあ、これはまいったな」

そういいつつ、南条はまいった様子もなく、ワインを口に運んだ。

「グラスが可哀想《かわいそう》じゃないか」

南条は、手にある新しいグラスを見つめ、

「形のあるものは、つまり、壊れるものなんですよ。壊れたということは、そうなる決まりだったんです」

千秋さんは、口をとがらす。

「決まりじゃない。自分でやったんだろう」

南条は、面白そうに答えた。

「そう。――でもね、そのやる、やらないは、ぼくにもどうにもならないんだ。いいかい、君は過去を動かせるかい。家を出る時、どちらの足から出たか。そいつを前に戻って、取り替えられるかい？」

くだけた調子になっている。女の二人組が寄って来たが、南条は視線も動かさず、手で制した。二人は顔を見合わせ、離れて行った。南条は、一歩、千秋さんに近づき、

「――それと同じようなことさ。時の流れの中で起こることの殆《ほと》んどは、動かせないも

のなんだ。いくつか選択肢があって、迷うように見えても、人は結局、その人の道を取る。百回やっても同じことさ。少なくとも、ぼくはそう思ってる。だから、後悔もしない。——碁や将棋で、無限に選択がありそうな場面でも、名人は必然の一手を取るだろう。おこがましくも名人を気取るわけじゃあないが、ぼくは、今まで分かれ道で迷ったということがないね。見えるんだよ、自分の進む道が」

「正しい道？」

「正しい！」南条は、そこでまたグラスを口に運び、《子供だなあ》という顔をする。

「そんなことは分からない。結果が成功か失敗かも問わない。ただ一つ、その道しかないということさ」

　相手が魅力的な娘であることが南条を高揚させているのだと思った。本音の縦糸と気取りの横糸で編まれた言葉だろう。南条は自分自身、それを十分に意識したように、わざとらしく、眼鏡の縁に手をやり、

「つまり、ぼくは——酔った勢いを借りて、いうならばだよ、——不確かな柔らかい世界にはいない。もっと清潔な、堅い世界にいるんだよ」

「そいつはまた偉そうだね」

「いやあ、というのは同時に、白くて冷たい世界だからね。なかなか住むのも大変な

んだ」

「ふうん。——白熊《しろくま》が寒がるみたいなもんだ」

「ペンギンぐらいには可愛《かわい》いつもりだがね」

千秋さんは、手にしたコップを脇《わき》のテーブルに置き、

「だけどさ、あたしの足を止めたかったら、声をかければいい。それだけのことだろう」

「それじゃあ物足りない。平凡だよ。月並みだよ」南条は一歩、近づき、「——何だか最近は、毎日がつまらなくてね。ただただ、のびすぎたゴムが切れもせずにだらりと下がっているような時を送っていたんだよ。今日という日も、当たり前の、退屈な一日だった。ところが、たった今、目の前を通り過ぎる君を見た。正直、息を呑《の》んだよ。途端に、この子の驚くところを見たいと思った。気が付いたら、グラスが指を離れていた」

「——驚くところ？」

「そう」

「なぜ」

「職業的関心からだね。君の表情を、この手で動かしてみたくなったんだ」

千秋さんは、目をぱちぱちさせた。

「へええ。――ひょっとして、あたしを舞台に上らせたいと思ったわけ？」

19

「そうだよ。一目見てね。ところが、こうして話してみて、その思いが――倍加したね」

「そりゃまた、どうして」

「その男っぽい《しゃべり》のせいさ。シェークスピアはね、人の入れ替わりが大好きだ。双子の入れ替わり、男と女の入れ替わり。――男装する娘もよく出て来る」

千秋さんは不満そうに、

「あたし、男の格好なんかしてないよ」

「まあ、聞きたまえ。シェークスピアの時代には、女役は少年が演じたんだよ。その少年の扮した娘が男装をする。実に不思議だ。この世の道理もねじ曲がるようだ。だが、それだけに、現実を蹴飛《けと》ばした、奇妙に魅惑的な舞台が出来そうな気がする。――ただし、頭の中だけでね。現実にそんなことをしたら、見られたものじゃなかろう。

その空想に応《こた》えられるだけの役者がいないからだ」

お嬢様は、あきれたように、

「あのね、いっとくけど、あたし、――女装してるわけでもないんだよ！」

南条はグラスを空け、

「多分、そうだろう」

「多分じゃないよ」

演出家は、かまわずに続ける。

「しかし、君のその不安定な魅力は、ぼくのイメージにぴったりだ。――ねえ、君は恋をしたことがあるかい」

こちらが、どきりとしてしまう。お嬢様は腕を組み、

「確かに、酔ってるみたいだね」

「いや、別に口説《くど》いてるわけじゃあない。そこは誤解しないでほしい。ただ、素材として興味を感じるんだ。だから分析したくなる。――一般的にいわれる理屈ではね、女の子が男っぽい言動をするのは、成長に対して恐れを抱いている証拠だそうだ」

千秋さんは、相手の言葉にかぶせて、

「解剖するのは劇だけにしておきな。あたしの上演権は売りに出さないよ。あんたの

頭の舞台になんか、かけてほしくないね」

　いつの間にか、遠巻きにする輪が出来ていた。はっきり二人のやり取りを見つめる者はいない。しかし、わざとらしく会話をはずませているグループも、その耳と気持ちは、こちらに向いているようだ。南条は人気者だ。その彼が、はっとするような美人を相手に面白そうな話をしているのだ。

「これは失礼。——ところで、ここにいる以上、——会場を間違えたんでない限り、ぼくが誰かは御存じなわけだ」

「うん」

「だったら、まず秤《はかり》を平衡《へいこう》にしようじゃないか。君は役者じゃないんだろう」

「うん」

「だったら、魔法使いのお嬢さん、あなたは一体、どういう人なんだ」

「いってもいいのかい」

「そう願いたいね」

　お嬢様は、南条の耳元に唇を近づけた。そして囁《ささや》いた。やっと聞こえる声だった。

「タンテイだよ」

　演出家は、すっと顔色を変えた。首を回して、千秋さんの瞳《ひとみ》の奥を見つめた。お嬢様も、男の眼の底に見入る。顔と顔が、恋人同士のように近付いた。二人はしばらく、そのまま静止していた。相手という本の、行間を読みあっているようだった。

見ている方が息苦しくなった。南条は、低くいった。

「……由季の友達か」

お嬢様は、ぽんと離れて、ほとんど悲痛な調子でいった。

「由季さんは、──あんたにとって何だったの」

南条はゆっくりと、息をつき、

「由季はぼくだ」

「──オレのものだ、ということ？」

「そうじゃない。あいつの道と俺《おれ》の道はぴったり重なっているんだ。文字通り、あいつは俺なんだ。あいつがいるから俺の世界が作れる。俺がいるから、あいつは、世界の中で生きられる」

千秋さんの《オレ》につられたように、南条の一人称が替わっていた。

お嬢様は、ぴくりと眉を上げた。

「あんたはあの人？──つまり、あんたは血を吐くイアーゴーなんだ」

南条は、虚を衝かれ絶句した。それから頬《ほお》をぴくりと揺らし、ついで意外にも声を上げて笑い出した。お嬢様は辛抱強く、演出家の発作が収まるのを待っていた。

男は腰を折り、腹を押さえて笑った、笑った。人の輪が、さらに厚くなってしまった。

南条は、折った体から顔を上げるようにしていった。

「――人には誰も、求めて得られぬものがあるさ。そうじゃないかい、お嬢さん」

「イアーゴーのこと？」

「そうだ、誰もがイアーゴーだよ」

千秋さんは詰問する。

「その役を、どうして由季さんに演《や》らせたの」

「誰もがそうだということと、誰にも演じられるということは違うさ。あの役は、――由季以外の誰にも出来やしない」

お嬢様は、一語一語を刻むように、ゆっくりといった。

「あんたって、とんでもない皮肉屋だね」

南条も、ゆっくりと体を起こし、

「俺の皮肉は命懸《が》けだ」

「誰の命？」

南条は片側の眉だけを、くいと上げ、

「いいかい、お嬢さん。君の頭は、随分速く回転するらしい。だったら聞くがいい。——由季が逝《い》ってから、もうじきひと月経《た》つ。二月二十五日を過ぎたら、ぼくは、彼女を偲《しの》ぼうと思う。上尾《あげお》の家の辺りを、何日か、うろついてみようと思うんだ。まるで、犯罪者は現場に帰る、という公式のようにね。それが、ぼくのセンチメンタル・ジャーニーさ。——怪しいと思うのは君の勝手だ」

千秋さんは、首をかしげた。

「——それは何。あたしへのプレゼント?」

「そうだよ、タンテイさん。言葉のおみやげだ。開けてびっくり、玉手箱だ」

「おみやげを貰《もら》ったら、帰るしかないね」

「お気をつけて、お嬢さん」

南条は進み出て、手を差し出した。だが、千秋さんは受けなかった。そこで、南条はぽんぽんとお嬢様の肩を叩《たた》き、機嫌のいい声でいった。

「いずれまた」

わけが分からない、という顔をした人の群れを割って、千秋さんは会場を後にした。途中から、静さんが追って来た。

「どうなったんですか、一体？」

千秋さんはエスカレーターに足をかけ、

「迷惑、かからなかった？」

一緒に下りながら、静さんは首を振る。
「わたしは、大丈夫ですけれど……。その、南条……さんを、やっぱり、追いかけるんですか」
お嬢様は、くっと振り向き、下から答えた。
「南条はね、――壊したんだよ。だから、あたしは、あいつの方を向く。そうしないわけにはいかないんだ」

20

捜査会議ともいうべきものが、お嬢様の部屋で開かれた。メンバーはこの前の四人である。

千秋さんは、沈鬱《ちんうつ》な表情、しかし、なさねばならぬことに向かう決意を眉《まゆ》の辺りに漂わせていた。

「あの方が、――南条さんが、ひどいやり方で、わたくしをからかったのかもしれません。でも、あの方は眼でおっしゃったんです。自分がやったと」

一座は、しんと静まり返った。

「それが、嘘《うそ》ならいいと思います。わずかでも言葉を交わした人が、そんな恐ろしいことをしたとは考えたくありません。でも、こうなった以上は、何があったのか、何が行われたのか、迫れるところまでは迫りたい。それが、わたくし達の義務だと思います。――そこで、お考えがあったら、お話しいただきたいと思うのです。岡部さんは、こういうことをおっしゃいました」

車の中の話が紹介された。中丸君は、慎重に言葉を選びながら、

「トイレぐらいは行ったろう、それぐらいの隙《すき》はあるだろう、ということですね。あまり詳しくいうようなことでもないから黙っていましたが、飲んだ店のそこは二人入れましてね。ぼくが立つと、先生も立った。そういうタイミングでした。こと細かく説明はしませんが、携帯電話での連絡もなかった、とはいえますよ」

それから、少し、考えて、

「――由季の家の時計を進ませる件ですが、それも無理でしょう。テレビはありますし、彼女は割合、観《み》る方です」

《岡部案》は、あっけなくつぶされてしまった。

千秋さんは、頷《うなず》きながら、

「……そうですか。でも、わたくし、岡部さんのお話をうかがった時、《なるほど、随分、いろいろな見方があるものだ》と感心したのです。他に、御意見があれば……」

静さんが、おずおずと、

「あの、河合さんが電話をかけた時間が違うのではないか――というのが、今の話でしたよね」

「ええ」

「かけた場所の方が違っていたんじゃないか——というのは、考えても、あまり意味ありませんよね」

「と、おっしゃると？」

「たとえば、河合さんは事務所の側《そば》まで来ていた。そこから十二時に電話した。会話の中で、《マンションの入り口にいる》というようなことをいった。だから、南条さんは電話を切った後、外に出た。車に乗る。途中で犯行が行われた」

新しい流れではある。しかし、静さんが自分でいう通り、あまり意味はない。いってみた。

「結局、河合さんを上尾まで運ばなくてはいけないんだから、同じことになる。犯行時間も入れたら一時を回るのは確実だ。間に合わない。それに、現場の移動があったら、鑑識に気づかれてしまうだろう」

「そうですよね」

頭の痛くなるような、——まるでアリバイ崩しの本格推理小説を読んでいるような会話が繰り返された末、結局、原点が再確認されただけだった。——《南条が犯人であるためには、問題の電話が見かけの十二時より、一時間以上早くなければいけない》。

お嬢様は、首をあどけなく、一つ振り、

「そこでですね。——実は、南条さんが、気になることをおっしゃったんです」

あ、あのことだな、と気づく。犯行現場に、また出向くつもりだという、あの奇妙な言葉だ。

21

静さんがいった。

「それはいかにも挑戦のように聞こえますよね」

彼女は、あの会場でも遠く離れていた。やり取りの詳細は知らない。

「そうなんだ。脇《わき》で聞いていたぼくも、そう感じた。だけど、そうだとしたら、《また行く》が、どうして挑戦になるんだろう」

「不謹慎な話ですけれど、これが連続殺人だったら分かりますよね」

「犯行予告ということだね」

「ええ。でも、それもあり得ないし——」

聞いてみた。

「――中丸さん。あのお宅は、今、どうなっているんです？」

中丸君は、淡々と、

「ぼくは口約束で、結婚しようといっていただけですから、後をどうこういうことはありません。何でも叔父さんが九州にいたそうで、その人が管理するようですね。ただ、しばらくは、人は入らないと思います」

「鍵《かぎ》はかかっている？」

「ええ」

「すると、行っても、前をぶらぶらするぐらいだね」

「そうですね」

「だけれど、南条がああいうからには、きっと何か意味がある――そんな気がするなあ」

「そういうことをいったからには、先生は必ず出掛けるんでしょうね」

「だろうなあ。――そこに何の意味があるかだよ」

静さんが、身を乗り出し、

「警察の見逃した証拠が残っている？」

兄貴の悪口をいわれたような気になってしまう。

「だったら、急いで行く筈《はず》じゃないか。別にひと月以上も待つことはないだろう」

皆な、黙った。そこで、千秋さんが、

「……よろしいですか」

「え。は、はい」

「ひと月以上待った。前をぶらぶら出来る。見逃した証拠。……答は、それじゃあないでしょうか」

皆な、ぽかんと口を開けた。お嬢様は、飲み込みの悪い子供に、懇切《こんせつ》丁寧に教えるように、

「今、問題になっているのは、《河合さんが事務所に電話をかけたのは何時か》ですよね」

「――そうです」

「だとしたら、《見逃した証拠》が、《一月以上経った》ら、《家の前をぶらぶらしている》人の前に出て来るんじゃないでしょうか」

「はあ?」

思わず、すっとんきょうな声を上げてしまう。何が現れるというのだ。天上から証拠がひらひらと落ちて来るというのか。

お嬢様は、ゆっくりと続けた。

「一月というのは、支払いの単位ですよね」

「あっ」叫んでしまった。「電話料ですかっ!」

「単に《料金》では、何も分かりません。通話の明細のようなものが来ることはないのでしょうか。──月に、一度」

今度、あっ、といったのは中丸君だった。大きく、眼を見開き、

「そうです。長電話をしている時に、そんな話をしたことがあります。由季の家には、──明細が来るんです」

お嬢様は当たり前のように頷いたが、こちらには大発見だ。

中丸君は、早口に続ける。

「由季が高校生の頃、ある月、大きな金額の請求が来て、お父さんが驚いたそうです。間違いじゃないかと思った。それから料金明細を取るようになったそうです。──《もうどれぐらい話したろう》といったら、由季が笑いながら《後で分かるわ》と、答えて、そういいました」

驚いてしまう。

「いつ、どこにかけたかも分かるんですか」

「だったろうと思います」

22

「警察の調査能力を、見せてもらおうと思ってな」

兄貴は、くだらん、というように肩を揺すり、

「こんなことはな、NTTに問い合わせれば、すぐに分かるんだぞ」

「いいから、早く教えてくれよ」

料金明細の詳しいことは、兄貴に調べてもらった。最近は、何でも相談室と化している優介《ゆうすけ》兄貴なのである。こちらは、十二時過ぎまで、おみやげ目当ての子供のように待っていた。コートを脱ぐひまももどかしく、台所に引っ張り込んだ。

兄貴は、台所のテーブルの上に手帳を広げ、

「ええと、まず《何時にどれぐらいの時間、電話したか、分かるか》だったな」

「ああ」

「これは、勿論《もちろん》、そのための明細なんだから、全部印刷されて来る。ええと、その正式名称が『ダイヤル通話料金明細内訳書』だ」

「で、どこにかけたかは？」

「こいつは依頼人が希望するかどうかによる。それも送ってほしいか、どうかだ。ほしい場合は二つに分かれる」

「二つ？」

「そうだ。相手先の番号をはっきりと記録するか、あるいはプライバシー保護のために、下四桁《けた》を伏せ字にするかだ。隠してほしいと頼めば、連絡は《1234―XXXXにかけた》という形で来る」

「へえ」

行き届いたものだ。

「さらにだな、通話の総ての記録を送ってもらうのが普通だが、それを市外のみに限ることも出来る」

いろいろあるものだ。

「奥が深いな」

「――さてと、この辺までは、パンフレットを見るだけで分かることだ。その先があったな」

気を持たせる。

「うん」

「その明細書は、月のいつ頃送られて来るか」

「うんうん」

「これはだな、——場所によって違う」

肩透かしを食った感じだ。

「……ところによるのか」

「そうだ。パターンが六つあって、場所によってずれるそうだ」

しまった、と思っていると、兄貴は悠然と《お茶でもいれろ》という。それどころではない。しかし、わがままを聞いてもらった身だ。おまけにまだ、答えてもらいたい質問も残っている。こちらの立場は弱い。

欲求不満のまま、お茶缶を手に取った。

「焙《ほう》じてみろ。気分が落ち着くぞ」

「分かったよ」

兄貴は頭の後ろで両手を組み、

「——そもそも、元来、茶とは薬であった」

のんきなことを言っている。普段、兄貴のやるようにお茶を焙じ、急須《きゅうす》に移した。

「いかんなあ、心が乱れとるぞ、お前」

「おや、そうかい」

　茶を注ぐ。

「自分に怒りをぶつけとるんだろう。ああ、俺は、なぜこう聞かなかったろう――《「通話料金明細書」、上尾だったら何日に来る》と。――お、どうした？」

「お兄様」

「気持ちの悪い奴だな」

「いやあ。見直したぜ」

「馬鹿。お前の考えてることぐらい、すぐ分かる」

「双子でよかったよ」

　兄貴は、ふうっと湯気を吹き、

「そこでだな、上尾の場合だが、二パターンある。河合由季の家の辺りはDブロックと呼ばれる地区で、《前月の六日から、月の五日まで》。そこで締める。依頼者に送られて来るのが、その二十日後ぐらいだ」

　五足す二十は二十五日だ。ぴったりと合う。黙って優介兄貴を見つめた。兄貴は、ゆっくりと、焙じ茶を味わい、

「――つまりだ。仮に、河合由季が、その契約を結んでいたとする。――とすれば、このごたごた続きだ。劇団の連中にしろ、遠くの親戚《しんせき》にしろ、それを解約している筈がない。だとしたら、そろそろ、明細書が送られて来る。それさえ見れば、問題の日、一月十九日に、どこに、何時にかけたかは一目瞭然《いちもくりょうぜん》だ」

うーん、と、うなり、

「警察は、そこまで読んでいるのか」

「いや。俺が考えた」

「ははあ。たいしたもんだ」

「頭脳明晰《めいせき》、岡部優介だ」

「兄貴は、どう思う」

「電話のごまかしようはないだろう。被害者の意志を、遠くから動かすことは出来ない。河合由季は《十二時にかけろ》といわれたんだ。とすれば池袋に電話がかかって来たのは十二時だ。そうとしか考えられん」

いささか、がっかりする。

「裏を取ったのか」

「どういうことだ」

「もう、先にNTTに問い合わせたのか」

それが聞きたかったことなのだ。調べはもうついているのかもしれない。ところが、兄貴は憤然とした。

「おい、ふざけたことをいうな、我々は現代の警察、――民主警察なんだぞ。捜査にもな、プライバシーの尊重という壁――いや、ルールがある。そいつを簡単に崩せると思うのか」

「というと」

「個人の通話についてNTTが漏らすと思うのか。教えちゃくれないよ。いいか、今はな、警察がそんなことを調べたというだけで大問題なんだ」

いわれてみれば、そうだろう。

「なるほど……」

「認識不足だぞ」

腕組みをしてしまう。

「しかし、殺人事件の捜査でだよ、通話者当人が、もう死んでいても駄目なのかなあ。その犯人を捜すためなんだぜ」

「いくらいったって駄目だ」

「仮にだよ、大臣クラスが動いても教えてはくれないのか？」

「勿論《もちろん》だ。超法規的、国家的判断まで行かないと無理だろうな。さらに、記録自体が一定期間を過ぎると消滅するようになっている」

きびしいものだ。

感心していると、兄貴は、一日の髭《ひげ》の伸び具合を確認するように顎《あご》を撫《な》でながら、ゆっくりといった。

「……だがなあ」

「ん？」

「この場合、誰かがな、たまたま、その明細書を見たとする。そういうことがあったとしたら……どう書かれていたか教えてほしい、と思うのは、ま、警察官であっても……人情だろうなあ」

23

由季の家は、閑静な住宅地にあった。

道路に面して、台所の出窓が出ている。その曇り硝子《ガラス》を通して、伏せられたボールや小鍋《こなべ》の形がぼんやりと透けて見える。棚の上で彼らは、主の手が伸びないことをいぶかしがっているのだろう。もはや由季には二度と使ってもらえないのに、それも知らず、うずくまっている道具達。

窓の枠は真新しい建築のそれではなく、肌色に塗られた木製である。ペンキは年を経て固くなり、ひび割れ、ところどころ剝《は》がれている。昨日は、時間を持て余し、何度か前を行き来した。細く割れた塗料は、爪《つめ》でこすれば、ぱらぱらと散りそうだった。周りには建築中の家もある。由季の家も、そろそろ建て替えの時期に入っていたのだろう。だがしかし、若い彼女の、新しい家が建つことは、もはやない。

時計を見る。一時少し前だった。

コンビニで買っておいた弁当の、透明な上ぶたを、膝《ひざ》の上で取った。自動車の後部座席で昼食である。

高級車では目立ちすぎる。千秋さんの家でサンダルのように使われている軽《けい》を借りて来た。車の中から見張るのだから、それほど大変ではない。配達時間も地元の郵便局に確認し、大体のところをつかんでいる。余裕を持って車を停《と》め、郵便配達の人が何事もなく通り過ぎたら、その日の張り込みは終わりである。

一昨日の実働時間が一時間と四十五分ぐらい。会社の方には、《覆面先生との打ち合わせ》と報告してある。広い意味では嘘ではない。ただし、千秋さん当人は、ここには来ていない。南条に警戒されるのを惧《おそ》れて、我々が止めたのだ。

「……やっぱりなあ」

甘すぎる卵焼きを口に運びながら、思わず、独り言をいってしまう。今日は、車の外に出て、ふらふら歩いたりはしていない。理由は、河合家の向かいの駐車場にある。

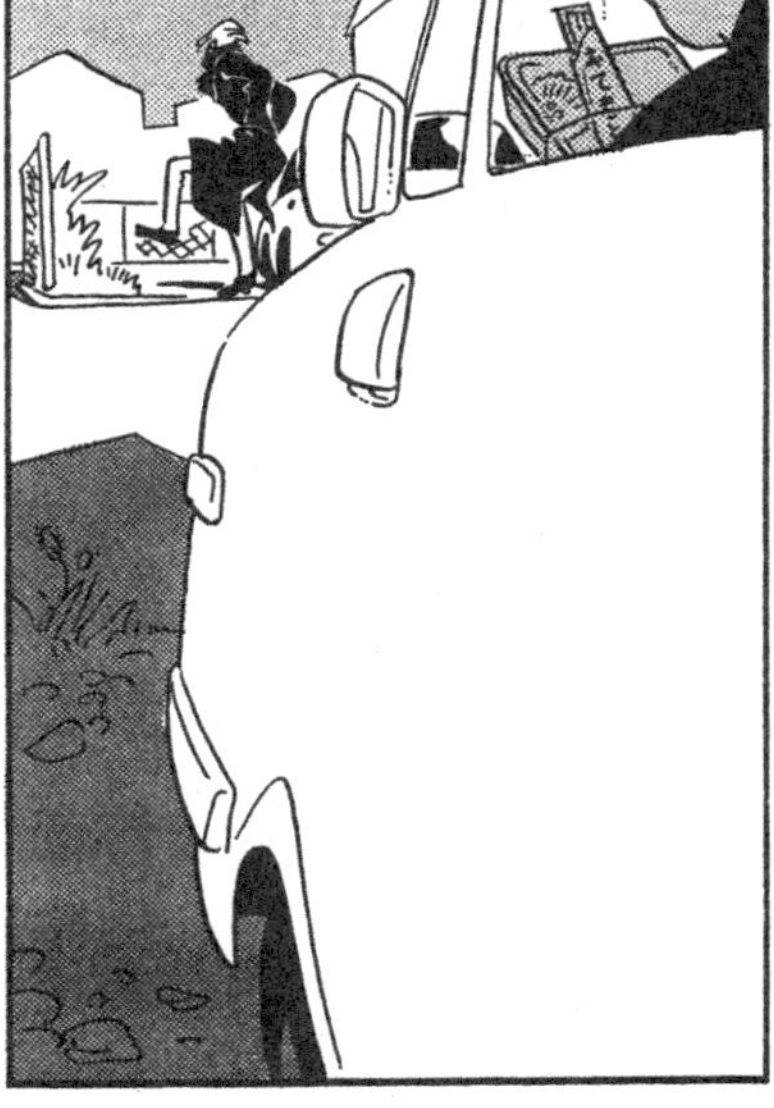

「こうなるんだなあ」

フロントガラスを通して、駐車場の入り口に門番のように立った男の姿が見える。いわずと知れた南条である。

しばらく前に、大きな車で乗り付けた。片側に寄せて停め、車から降りた。こちらの車とは向かい合わせになる。距離は十メートルほど。それから、隠れる様子もなく河合家の正面に立っている。

風景は明るく、空は水色。天の裾《すそ》に近くなるほど、その色が淡くなる。ところどころにマグリットが描きそうな雲が浮き、それがじわりじわりと動いている。晴れてはいるが、風が強いのだ。

南条のトレンチコートの裾が、ひらりひらりと揺れる。時折、首を動かすと、鼈甲《べっこう》縁《ぶち》の眼鏡《めがね》が、きらりきらりと光る。

郵便は昨日より遅れているようだ。こちらは弁当を食べ終え、蓋《ふた》をし、パチンと輪ゴムをかけた。南条はといえば、立ち尽くすことに厭《あ》きたように、スキップを始めた。寒いのかもしれない。

風上のこちらに向かい、自転車を一所懸命こいで来るおばさんが、ゆらりと南条を避け、通り過ぎてから肩越しに振り返った。南条は歯を出して笑って見せた。おばさんは、あわてて前を向き足に力を入れた。

おばさんは、夕食の時辺りに、いうのかもしれない。《今日、変な人がいたのよ。――あの家の前に》。

南条がスキップから、劇団のものらしい柔軟運動に取り掛かった時、赤い自転車が見えた。

はたと困った。

南条と鉢合わせになるのは、むしろ当然のことだ。それなのに、《こうなった場合は？》という、事前の検討が足りなかった。

彼が手紙を取りにかかったら、どうしたらいいのか。先手を打って配達の人のところまで駆けて行くか――いや、それも怪しまれそうだ。では、郵便受けからの取り合いになるのか。

――どうしたらいい？

こちらが抜けているのは仕方がない。だが、あの何でもお見通しの千秋さんが、なぜ指示を忘れたのだろう。人のせいにするわけではないが不思議な気がした。

赤い自転車は少し先で停《と》まり、家々に郵便を届けている。もうすぐ、ここまで来るだろう。タイムリミットものの映画を観ているように、手を握り締めてしまった。

南条がそこで動いた。

「…………！」

自転車の方へではなく、こちらへである。軽い足取りで、やって来る。

驚いているひまもない。細面の色白の顔が、ぬっと近づき、こぶしがコンコンとリズミカルに硝子《ガラス》を叩いた。

「な、何ですか」

窓を開けると、南条は春が来たかのように機嫌よくいった。

「——いやあ。あのお嬢さんは来ないんですか？」

24

「トランクあたりに隠れてるなんてことは、ないでしょうね」

「——あいにくですが」

「いや、残念だな。せっかく可愛《かわい》い人の顔を見られると思ったのに」

もう、白《しら》を切っても仕方がない。

「可愛くない方の、この顔も覚えていましたか」

南条は首を振り、

「いやいや。しかしね、そこで、そうやって様子をうかがっているからには、あの人の差し金だろうとは思いましたよ」

「――ということは、逆にいえば、あのタンテイさんを信頼しているということですね」

「そりゃあいうまでもない。マクベスにはマクベス夫人」

「は？」

「分かりませんかね。どうやら、ぼくは容疑者らしい。だとすれば、秤《はかり》の片方に乗ってるタンテイさんも、ひとかどの人でしょう。でなけりゃ秤が傾く」

やっぱり自信家だ。いってやった。

「向こうの方が重くても、釣り合いませんがね」

南条は声を上げて笑い、

「ほら、来ましたよ」

二人で、視線を道に向ける。赤い自転車はカタカタと音をたててやって来て、――河合家の前に停まった。荷台の箱、前の荷物入れにいっぱい郵便が詰まっている。

やはり、南条もそれを待っているのだ。こうしてはいられない。車のドアを押し開

けながら、南条の顔を見てしまう。彼は、しごくのんびりと、

「あなた、昨日来ましたか」

「ええ」

「無駄足だったわけだ」

外に出ながら答える。

「今日も来ているんですからね。そういうことになります」

「ぼくは、無駄がなかった。間《ま》がよかったわけですね」

配達は紺のジャンパーを着た小柄な男性。自転車から降りる。そのサドルの上も赤かった。一通の封書を取り出し、河合家の郵便受けに機械的に入れる。差し込み口が、手紙をぱくりと食べたようで、どきりとする。

紺のジャンパーはよいしょと自転車に跨《また》がり、我々の横を通り抜けて行った。

「さて——と」南条は、眼鏡に手を当て、

「我々は同じものをめざして来たらしい」

「そうらしいですね」

南条は頷《うなず》き、

「ぼくはね、この家には何度も泊まったことがある。いや、生活したことがある。郵

便の少ない家でしたよ。女友達も話したいことは電話ですましちまう。今は、そういう時代ですからね。――しかし、毎月決まって来たものはある。通話料金の明細書です。数字の羅列《られつ》だが、案外、味のあるものでした。通り過ぎた時間が、そこから見えて来る。――もっとも、由季の奴は見られるのを嫌がっていましたがね」

「……どうするつもりです」

南条はいぶかしげに、眉を寄せた。

「どうする？――決まってるじゃありませんか。二人で覗《のぞ》いてみるんですよ。由季の時間を」

「…………」

南条は、河合家のブロック塀に擦《す》り寄り、

「この郵便受けはね、こちら側から手を伸ばせば、十分届くんです。由季と最も親しかった、このぼくが、許可しますよ。さあ、封筒を取ってごらんなさい」

何だか、おとぎばなしの子供になったような気がした。悪魔にそそのかされている子供。だが、南条がパーティの席でいった言葉にも似て、いくら迷おうと、今、前に道は一つしかなさそうだった。

黙って、南条と並び、ブロック塀の上から手をまわす。気がとがめる。とんだことになったものだ。郵便受けの取り出し口を押し上げ、指を入れる。魔物に噛《か》まれはしなかった。触れたのは薄い封書だった。

25

この前の池袋の和風喫茶に、お嬢様と静さんと三人揃《そろ》った。思えば、あれがこの事件のスタートだった。今はもう、逃げ月の二月が足早に去ろうとしている。

「そりゃあそうだよ。南条は、見せたかったのさ。でなけりゃあ、あんなこと、いうわけがないよ」

お嬢様は、チャコールグレーの、ストライプの入ったジャケット。珍しくネクタイの付いたシャツなのがきりっと締まった感じである。

 こともなげにいってくれる。

「そうですか。こっちは、南条にとって、まずい証拠が出て来るものとばかり思っていました」

テーブルの上に明細書を出し、二人の方に向ける。

問題の十九日から二十日にかけては、こうなっている。（左図参照）

カワイ　ユキ様　　　　　　　　　　お問い合わせ電話番号　(048)×××-××××

通話月日	電話開始時刻 時：分：秒	電話先電話番号	通話先地域名	通話時間 時：分：秒	通話度数	ダイヤル通話料円	通話種別	割引種別
1：6	13：31：23	03-3459-□□□□	東　京	0：5：36.0	8	80		
	0：23：4	03-3817-□□□□		0：22：19.5	30	300		
1：10	22：15：21	03-3817-□□□□		0：31：25.0	42	420		
1：19	13：13：6	03-3236-□□□□		0：3：47.5	6	60		
	13：19：7	03-3903-□□□□		0：47：21.5	64	640		
	19：47：29	03-3398-□□□□		0：12：3.0	17	170		
1：20	0：0：17	03-3971-□□□□		0：3：2.5	5	50		

南条の証言が、ＮＴＴによってはっきりと裏付けられていた。深夜、事務所に電話がかけられたのは、〇時〇分十七秒から。通話時間が三分と二・五秒である。我々が見つけようとしていた一時間前の電話など、どこにも記載されてはいない。

「まあ……」静さんは、がっかりしたような安心したような声を上げた。「これじゃあ、出口なしですね。もう考えられるのは、由季さんが十一時の電話を外からかけたということだけでしょう。――コンビニにでも行って」

「待ってくれよ。だとすると、この十二時の電話は？」

「それは殺害現場から、南条さんがかけた、ということになります。ほら、《もう寝ていい》という電話が中丸さんにかかったでしょう。あれを、すっぽりここに代入すればいいんです」

頭がいい。

「……なるほど」

「理屈では、そこまで詰められますけれど、肝心の、十一時の電話が難物《なんぶつ》です。今までは、《一時間早くかけさせられるか》というだけの問題でした。今度はさらに《しかも外から》が加わったわけでしょう。——そこまで、細かいマインドコントロールなんて、出来っこないじゃありませんか」

「そうか。……そうだよなあ。結局、この明細書は、南条の切り札《ふだ》ってわけか」

お嬢様が、首を突き出し、

「そうかい？」

「は」

「あたしは、ことが簡単になったような気がするけどな」

「はあ？」

「南条が、ちらつかせてる札なんだから、当然、こう書いてあると思ったよ」ちらりと静さんを見、「——この十二時の電話に関しては、あなたのいった通りだと思うよ」

「そうでしょうか」

「あの、中丸さんにかけた電話の意味というのが、それでちゃんと出て来るんだものね。あるべきものを、あるべきところに配置する。そうすればきちんと一つの絵が出来るさ」

お嬢様は、すっくと立ち上がった。

「――じゃあ、そろそろ行こうか」

問題の事務所で、中丸君が待っている。行ってみたいというお嬢様の御希望なのだ。

26

マンションのドアを開けると、スチールの棚が目隠しになっていた。棚の中には、様々な資料が並んでいる。世界社の編集室とよく似ているが、こちらの方が格段にきちんと整理されている。

棚の間を抜けると、机が二つ向かい合わせにある。若い女の子が座っていた。

「雑誌社の方です。取材にいらしたんです。ぼくが応対しますから」

中丸君が、あいそよくいう。こちらに向き直り、「一応、八時で事務は終わる筈なんですがね。なかなかそうも行かなくて」

リビングともう一間を続けてしまって、広く使っている。壁に沿って、パソコン、コピー、本棚などが、整然と並んでいる。

聞いてみた。

「今日は、南条――先生は？」

「『マクベス』の稽古《けいこ》です。遅くなると思います」

「先生の部屋は？」

「奥になります。和室が一つ、洋室が一つです。そちらは別に鍵がかかるようになっています」

部屋の隅には、応接セットが二組置かれていた。

「――こちらが、ミーティング・コーナー兼休憩場です。疲れるとごろりとすることもあります」

お嬢様は、このグリーンの布地を手で押し、

「あの日も、ここで休んでいたんだね」

「ええ」

「南条は、向こうの机で電話をかけていた」

「そうです」

「そこに、河合さんからの電話が入ったんだ」

「はい」

千秋さんは、眼でそちらを示し、

「お仕事中で悪いんだけど、そっちを見せてくれないかな」

中丸君は女の子達に近寄り、声をかけた。ちょうど一息つくタイミングだったのか、
二人は席を離れ、キッチンの方に向かった。

事務所だから、いうまでもないが、それぞれの机に電話がのっている。中丸君は背中合わせの一組を示し、

「こっちで話していました。すると、こっちにかかって来たんです」

千秋さんは、表情を変えずに、

「だろうな」

「え？」

お嬢様は、すっと二つの受話器を持ち上げ、その根元を見た。

「――馬鹿にしてやがら」

顔を見合わせてしまう。

「ど、どういうことです」

「ほら、見ろよ。ここ」

千秋さんの眼の先を凝視する。別に変わったことはない。

「分かりません」

「線の根元さ」

「……ガムテープの、切れ端のようなものが付いています」

ガムテープなら机の上にのっている。

「そうだろう。綺麗《きれい》に取る気なら、取れるよ。ちゃんと後始末もしないんだ。——気が付く奴なんか、いるわけがないと思っていやがる」

「ごみに気が付く奴ですか」

まるで、綺麗好きの姑《しゅうとめ》のような口ぶりだ。

千秋さんは、さらに、プッシュホンを押してみて、

「これ、ピッピッピッといわないやつだね」

「ええ。先生は、音のするのが嫌いでしてね、事務所もこっちのタイプを使っています」

「やっぱりだ。それで、決まりだ」

お嬢様は一人で頷き、受話器を置く。そして、

「なあ、リョースケ。兄さん、もう帰ってるかな？」

「今日は非番です」静さんの顔を見ながら、いってやる。「デートでなければ、家にいる筈ですが」

静さんは素知らぬ顔をしている。お嬢様は、わが家の電話番号をメモした。

「電話借りるよ。――まず家にかけ、それから、リョースケのところにかける」

「な、何なんです」

「いいってことよ。さ、あんた達は、さっきのソファに座ってな」

中丸君は、キッチンから出て来た女の子達にも手招きをした。事務室には、お嬢様が残った。電話をかけている手の動きが見える。やがて繋《つな》がったらしく、会話が始まった。

「――ああ、赤沼。今ね、池袋にいるんだよ。今夜は、早く帰れそうもない。下手をしたら、明日になっちゃうかもしれない。覚悟しといて」

そこへ、電話がかかって来た。女の子が急いで立とうとする。

途端に、お嬢様がすっとこちらを向き、大きくはないが、きつい声で制した。

「ごめん。――リョースケに出させてよ」

女の子は、腰を浮かせたまま、呆気《あっけ》に取られる。中丸君が、まあまあ、というような顔を彼女に向けた。

わけは分からないが、とにかく音に向けてダッシュした。鳴っている電話を取ると、何と、意外な声がした。

「はい。岡部です」

「――兄さん。兄さんじゃないか」

「何いってんだ、お前」

「どうして、ここが分かったんだ」

「何?」

「だからさ、どうして、俺がここにいると分かったんだ」

兄貴は慎重に、

「……いいか、お前。春は近いぞ。しっかりしろ」

「はあ?」

「働き過ぎだろう。気をしっかり持て」

今度は、こっちが同じことをいう番だ。

「何いってんだ、兄貴、わけが分からないぞ」

千秋さんが、手を出す。五里霧中《ごりむちゅう》のまま、受話器を渡す。

「あー、お兄さん?」

「は」

「あたし。――いつかお会いした新妻《にいづま》。といっても若奥さんじゃないよ。――いきなり、変な電話かけてごめん。南条のマンションにいるんだ。くわしいことは、リョースケが説明するよ。諸般の事情がありますんで、いったん切るからね」

ガチャンと受話器を置いてしまう。綱を切られて、あー、とばかりに、はてなの谷底に落ちて行く兄貴の姿が眼に浮かんだ。

お嬢様は、何でもないように、机の上を指さした。声に出していってしまう。

「――携帯電話」

それが、向こうの電話の隣に並んでいた。

「そう、三台ないと、この手品は出来ないんだ。だから、ポケットに入れて来た。――南条はそんなことをする必要、ない。自分の部屋に専用電話を持っているんだろう。子機を使うだけの話さ」

さっぱり、分からない。

27

おかしな雰囲気に遠慮したのか、事務の女の子は机をかたづけて帰って行った。取り敢《あ》えず、兄貴に電話をし、おおまかな事情を話しておいた。非番でも刑事、非常に関心を示した。ついでだから、《静さんも一緒にいるんだ》といっておいてやった。

「さて、どういうことですか」

我々はミーティング・コーナーに集まった。千秋さんの説明が始まる。

「要するにさ、河合さんに十一時に電話をかけさせられればいいわけだろう」

「はい」

「ところが、連絡を取るのは無理だ。となれば、方法は一つ。かかって来たようにみせかけるしかない。――リョースケ、電話がかかって来るというのは、どういうことだい」

「――といいますと？」

「要素に分解してみるんだよ。呼び出し音が鳴る、その電話の受話器を取る、相手の声が聞こえて来る。こういうことだろう」

「はい」

「ところが、呼び出し音が鳴るのは本体。声を受けるのは受話器だ。この二つを別々のものと考えてみろよ。ことは簡単だろう」

「いや、簡単どころか、見当もつきません」

「しっかりしろよ。場所は事務所なんだぜ。複数の電話が近接してあるところだ。やるべきことは、ただ一つ、隣り合った電話の受話器を交換するんだ。これだけのことさ」

「ははあ？」

「そうすれば、本体と受話器は違ったものになるだろう。そこで、本体の方の呼び出し音を鳴らし、上の受話器を使って被害者に電話をかける。これでいい」

こちらだけではない。静さんも中丸君も、狐《きつね》につままれたような顔をしている。

千秋さんは、二つ並んだ電話の絵を描き、そのラインを交差させ、受話器が交換されていることを示した。

「いいかい、この左の電話をAとする。右がBだ。それぞれの上にのっているのはbとa。お隣さんの受話器だ。——証人になる人間はソファにいる。電話をかけているらしいとは分かるが、細かい指の動きまでは読み取れない」

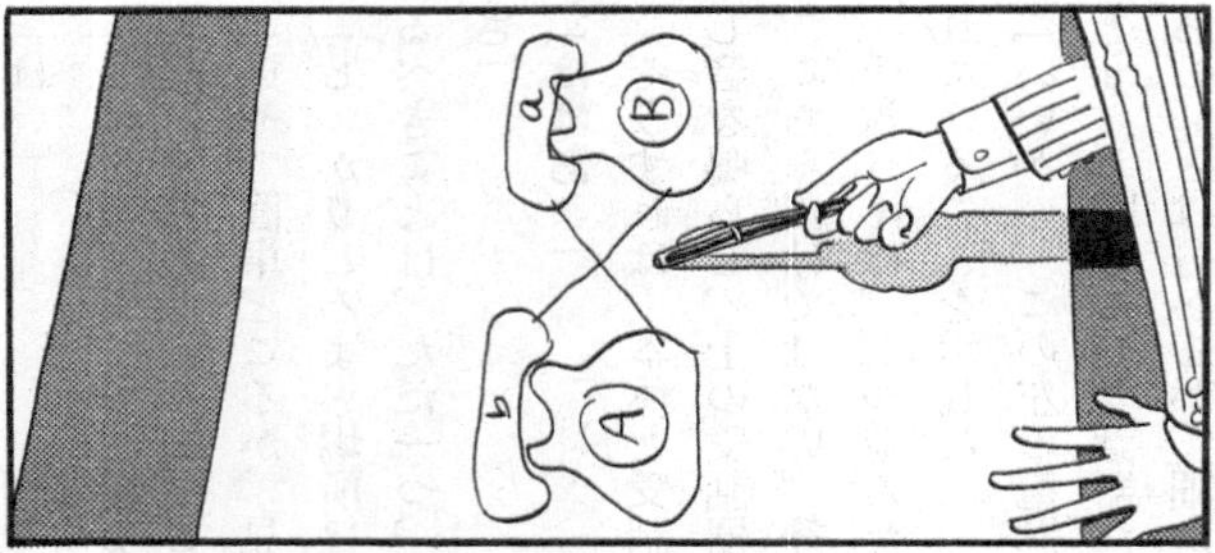

それから、まさに頭が四角くなりそうな、お嬢様の説明が始まった。

「――まず、Bの上の受話器、aを取る。フックが上がるから、本体は通話可能になる、ただし、手にしているaは隣のものだ。本体Aのフックは下りているから、受話器aはどこにも繋《つな》がらない。いいな？」

「は、はあ」

「そこでBの隣に、別の電話Cを置く」

　千秋さんは、持ち運びの出来る電話を描き加えた。南条の場合にはこれが子機になる。

「そして、二つの電話番号を並行して押すんだ。右の子機で《1111》、左の電話Bで《2222》にかけたかったら、右・左、右・左。1・2、1・2というようにね、もし、混乱しそうだったら紙にでも書き抜いて、見ながらやればいい」

「ええと……、どっちでどこにかけるんです？」

「子機で、今いるここにかける。事務所だから二台あっても番号は一つだろう。Bの方は、本体のフックが上がって通話中さ。——自然、Aの呼び出し音が鳴ることになる」

「はい……」

「一方、Bの方は、上尾の河合さんの家にかける。この二つのボタン押しを、出来るだけゆっくりやるんだ。そうはいっても、プッシュの間を置き過ぎると切れちまうから、そこは気を付けるようにする。これは練習するしかない。——どれぐらいで切れるかというのは、条件によって違うんだ。市外局番から市内局番に移る間か、市内局番を押している最中かによっても違う。これはもうやってみるしかない。条件によっては、二十秒も切れないという間合いだってあるんだ。とにかくかける相手は事前に分かっているんだから、試行錯誤しつつタイミングをつかめばいい。——その引き延ばしをしてる間に、aの受話器がいかにもどこかにかかっているように演技するんだ」

「赤沼さんと話しているように見せかけた、あれですね」

「そうそう、南条は演技はお手の物だろうし、練習も重ねたろうから、あたしよりずっとうまかった筈だよ」

中丸君が聞いた。

「ぼくが聞いていた電話、——劇団の坂上にかけたというのが、実はそれだったのですね」

「そう。そんなふりをするのにも、ちゃんと意味がある。Bのフックを無理なく上げるためと、電話の前に座るためと、その時間を十二時だったと裏付けるための、——三つの意味がね。この偽の電話が、ほんとうのものだったと思わせるために、犯行直前に外から、坂上さんに電話する。それが、《あの時の》電話ということになる」

「うーん」

うなってしまう。どこまで入り組んでいるのだろう。眠り姫を囲む茨《いばら》のようだ。

「さて、ダミーの会話をしながら、ゆっくりとプッシュして行く。最後の数字を押し終えると、どういうことが起こる?」

「え、えー」

静さんがいった。

「Aの本体の呼び出し音が鳴ります」

「そこで、南条は偽の会話を打ち切り、手にしていたaの受話器を置く。この時に肝心なのはマッチの空箱か何かを用意して、aとBの間に入れることだ。つまり、Bの電話を切っちゃあいけないんだ。さて、それからあいつはAの上の受話器を取ったんだよね。すると、どうなる？」

「当たり前のことですけれど、フックが上がりますから、まったく自然に呼び出し音が止まります。取り上げた受話器に、通話が繋がったとしか見えません」

「そう。実は、その途端にBの上に置きっ放しのaと、電話Cが繋がったんだ。繋がっているんだから、Aのフックが上がっていても注意音が鳴り出すということはない」

中丸君が口惜《くや》しそうにうなった。

「完璧《かんぺき》だ」

お嬢様は、ボールペンで図を指しながら続ける。

「さて、Aから取り上げ、手にしているのはbの受話器だ。このbはどういう状況かというと？」

「河合さんを呼び出している最中か、あるいはもう河合さんが出ています」

「そうだね。それを気づかせちゃあいけないから、南条は自分で受話器を取ったんだ」

「ああっ！」

「そして、《やあ》などといって、会話に入る。河合さんからすれば、約束の電話を、南条の方から早くかけて来たというだけのことだ。《都合がついたんだな》と思うだけで、何の不思議なこともない。——南条は打ち合わせをし、その後、中丸さんにも会話をさせる」

千秋さんはそっとペンを置いた。

「——これだけのことで、何も知らない人間に、相手の方から、奇妙な幻の電話をかけさせることが出来る」

千秋さんは、手を膝《ひざ》の上で組み、宙を見つめた。

「南条の奴、シェークスピアは入れ替わりが好きだといってたな。電話と電話。入れ替わりがお好きなのは、御当人だぜ」

その時、言葉に合わせたように、ドアが開いた。

28

お嬢様は手を交差させ、受話器を動かす真似《まね》をした。——入れ替わり。

南条は、眼鏡の奥から千秋さんを睨《にら》んだ。しばらく、そのまま立っていた。聞こえない会話が、二人の間にあったらしい。

やがて、いつもと違う、低い声でつぶやいた。

「……《こういう知らせを聞く時もあろうと思っていた》」

お嬢様はソファから答えた。

「『マクベス』かい？」

南条は靴を脱ぎ、コートのまま、上がって来た。

「《明日が、その明日が、そのまた明日が一日一日とゆっくり過ぎて、やがては時の最後に行きつくのだ。昨日という日はすべて、馬鹿者どもが塵《ちり》にまみれて死にいたる道を照らして来た。消えろ、消えろ、はかない灯の光！　人生は歩く影法師、あわれな役者だ。束《つか》の間《ま》の舞台の上で、身振りよろしく動き廻《まわ》ってはみるものの、出場が終れば、跡形もない。白痴の語るお話だ、何やらわめき立ててはいるものの、何の意味もありはしない》」

たどりついた相手を迎えて、千秋さんも立ち上がった。

「――御苦労様」

「煙草《たばこ》を喫っていいかな」

「嫌だけど、こっちの方が侵入者だからね。大きなこともいえないよ」

「それじゃあ失礼する」

南条は、ポケットから煙草を取り出し、火をつけた。そして、

「――今のは、シェークスピアの、最も有名な台詞《せりふ》の一つさ。――ぼくは、中学生の頃、『マクベス』を読んでて、こいつに捕まった。この台詞が恐《こわ》くって仕方なかった。足を持って暗い穴に引きずりこまれるようで、どうしようもなく体が震えた。それなのに、いわずにはいられない。一番、恐い言葉だから、見てしまい、しゃべってしまい、覚えてしまった」

ふうっと白い煙を吐く。南条は途中から、放心したように、その煙を眼で追う。

千秋さんが、いった。

「――誰だって、その恐さは抱えてるんだよ。そうして生きてるんだ。あんた一人が特別ってわけじゃない」

だが、南条の耳には聞こえないようだ。

「――不思議だな、今は死ぬこともそれほど恐くはない。何も恐くはない。――しかし、妙な気がするな。ものの価値とはなんだろう。仮に俺が、汚名の網をかぶせられたとする。俺の作り上げた舞台も、罵《ののし》られるのだろうか。それはおかしい。親の罪で、子が裁かれるようなものだ」

中丸君の顔がさっと青くなった。これはもう事実上の自白である。

千秋さんは、そんな南条を呼び戻すかのように、

「今日は、もっと遅くなるんじゃなかったの」

南条は煙を見たまま、

「行き詰まったんだ。それとも虫の知らせかも知れん。――放り出して来た」

千秋さんは机に寄り、

「電話を見させてもらったよ」

「…………」

「ガムテープを使ったね」

「――使い道の多い道具だ」

千秋さんは、机から、くるりと振り向いて、

「何の証拠にもならない。あんたは安泰だよ。だけど、あんなこと――よく思いつくね」

見抜く方も見抜く方だ。天下に千秋さんしかいないのではないか。

しかし、南条は、まったく別のことを考えているような眼をしていた。千秋さんは、黒の帽子の形を直しながら、

「いいけどさ、黙ってたって。——だけど、本当は、知られたかったんだろう、こんな魔法を使ったって」

「《これで私の魔法はことごとく破れ、残るは、自分の力だけ》——か」南条は、そこではっとし、「——テープレコーダーがあるのか」

千秋さんは首を振り、

「ううん」

南条は、苦笑し、

「聞く方が馬鹿だな。まあ、そんなことはどうでもいい。どうして、あんなことを思いつくかといえば、——それは業《ごう》だろうな」

「業？」

「そう、因果《いんが》なことに思いつくんだ。見えるんだ、その設計図が」

「この前は、《道が見える》といっていたね」

「そうだ。何というかな、——子供の頃から、俺にとっての世界というのは、一人で観《み》るテレビみたいなもんだった。舞台とは違う。舞台だったら芝居を演《や》ってるのは人間だ。その気になれば上がって行くことだって不可能じゃない。隣の席の奴に、ああだこうだ、いうことも出来る。ところが、テレビのブラウン管にはどうやったって入れない。――そして、そこで何が起こり、どうなって行くかが、俺にはずっと見えたんだ。読めたんだ。だから、合わせて動くことも出来た」

南条は途中から下を向き、ぶつぶつとつぶやくような調子になっていた。

「――どうやら、他の奴には違っているらしい。他の皆《みん》なは、世界の中にいるらしい。それに気づいた時にはびっくりしたよ。冗談じゃあないんだ。本当に驚いたんだぜ。――あれは小学五年生の頃だったな」

千秋さんが、いった。

「あんたの周りに、本当の人間はいなかったの？」

「……由季だけは違う気がした。違う気がしたんだがな。俺とあいつで舞台を作って行く。二人で新しいことを仕上げて行く。あいつとなら、出来る気がしたんだがな……

……」

千秋さんは、対照的な澄んだ口調で、

「で、これからの道はどう見えてる。あんたは無事に歩いて行くのかい」

「……どうも芳《かんば》しくない」

「それでも、あがいてみるのかい」

「スイッチを切ればテレビは消える。俺が壊せばテレビも消える。俺が観ていない限り、テレビは存在しない。俺のいない世界とは、即ち無意味だ」

千秋さんは、手を腰に取り、

「人に迷惑をかけて、苦しめて、泣かせて来た奴らは、たいてい、そんなこと考えていたんだろうさ。いいかい、――そんなの、ちっとも珍しい考え方じゃあないんだよ」

「身も蓋《ふた》もないことをいうお嬢さんだ」

南条は、何でもないように、ふらりと歩いて来た。そしてソファの後ろに回った。動きに合わせ、こちらもゆっくりと首を巡らした。後から思えば、ゆっくり過ぎた。

南条は素早かった。いきなり静さんの顎《あご》に手をかけると、力任せに背もたれに押し付けた。息を呑《の》む音がしただけで、悲鳴も上がらなかった。

「何をするっ！」

飛び上がろうとしたが、出来なかった。南条はいった。

「舌をかまなかったか？　かむと痛いからな」

鞭打《むちう》ち症も心配だ。だが、取り敢《あ》えずは、それどころではない。静さんの首筋には、太刀《ふとば》のナイフが押し付けられていたのだ。

「――さて、殿方《とのがた》は離れてもらおうか」

南条は、わずかに、刃を動かした。――玩具ではないと分かった。刃は鋭く、痛みは、ほとんどないようだ。

「やめろっ、分かった」

聞かざるを得ない。静さんは、上からのしかかる南条を見つめ、言葉を失っている。自分の喉《のど》の赤い線は見えない。見えなくて幸せだ。

南条は、限りなく憂鬱《ゆううつ》そうにいった。

「……こんなものを、あの時からずっと持ち歩いているんだ。守り刀みたいにな。妙なものだよ」

千秋さんは、眉をぐっと寄せ、

「馬鹿なことはやめなよ。そんなことしなくったっていい。証拠なんかないんだ。白《しら》を切ればそれまでさ」

「いや、残念ながら持ちこたえる自信がない。俺は繊細だからな。――特に近頃は、自分が片身をはがれた魚のように思えるんだよ。妙にかしいで、周りの水もゆらゆらと揺れて見える。それで泳げると思うか。無理だろう。――とにかく、こうするしかないんだ。坂を下るようなものだ。俺にもどうにもならない」

「その人をどうする気？」

「どうもしないよ。──用があるのは、お嬢さん、あんただ」

「あたし？」

「そうだ。その使い道の多いものを持って、そこに立ってくれ」

「ガムテープ？」

「ああ」

千秋さんはいわれた通り、スチールの机の横に立った。

「こうかい」

「そうだ。それじゃあ、そのテープを、御自分の脚から上に巻いて行くんだ」

「ミイラの要領だね」

「分かりがいいな」

南条は、それと知らずに、四人の中で一番手ごわい相手の、動きを封じて行く。テープは腰までお嬢様をからめた。

南条は、こちらを見やり、

「そこから先は、お前が手伝ってやれ」

「────」

「どうしたっ！」

南条は人が変わったような声で絶叫した。静さんが、ひっといった。

「リョースケ。いうことを聞いてやれよっ」

「しかし――」

「馬鹿っ」

お嬢様はきっと睨《にら》む。何とも情けないことになったものだ。

千秋さんは、すっと気をつけの姿勢になっている。くるりくるりとガムテープを回すと、可愛《かわい》いこけしのようになってしまった。

「よし」南条は、何かを放った。ちゃらん、と音がした。鍵だった。「じゃあ、中丸。毛布を出せ」

中丸君は歯がみしながら、鍵を拾う。前にも泊まっているから要領は分かっている。南条の部屋の鍵を開け、毛布を引き出して来た。

「毛布はそっちに投げろ。お前は手を挙げて一回転しろ」何も持っていないことを確認する。「――よし、それじゃあ自分のコートを取って、その男に近づけ」

中丸君が寄って来た。

「コートは下に置け。こっちに背を向けて、後ろで、手を組め。――おい、中丸のその手をテープで巻くんだ」

人使いが荒い。

中丸君は、手を後ろに回しながら、「どうする気だ」

「どうもしないといったろう。安心しろ。ただ、おとなしくしてもらうだけだ。――

手をとめたら、上からコートを羽織らせろ。そう、それで、外を歩いても大丈夫だ。

――さ、じゃあ、お前、今度は毛布をそこに広げろ」

こちらは皮肉のつもりで言ってやった。

「空飛ぶ絨毯《じゅうたん》みたいだな」

「そうだ。絨毯はクレオパトラを巻くためにあるんだ」

「何？」

南条は続けた。

「おい、お嬢さん。その端に寝るんだ」

29

千秋さんは、玉子巻きのようになって、可憐《かれん》な首だけを突き出している。干瓢《かんぴょう》代わりにガムテープで一巻きされている。この手が、そうしたのだ。何とも弁解のしようもない。

　お嬢様はいった。

「手がこんでるね」

「末とはいえ、二月だ。寒いだろうからな。せめてもの思いやりだよ。――貴重品は大事に扱わないといけない」

「恐縮だね」

「どういたしまして。さ、それじゃあ道行きだ」南条は静さんを立たせた。左肩に手を添え、「後ろにぴたりと刃がついている。変なことをしたら、この女の背中に冷たいものが入るぞ、羊羹《ようかん》に、じわっと包丁が突き込まれるようにな」

　静さんは、世にも情けない表情で、

「――わたし、今日から尖端恐怖症になりそうだわ」

「悪かったな。何せ、一対四だ。これぐらいはしないと」南条はドアを開けさせ、

「――中丸が先頭だ。次はお前だ。お嬢さんを抱えろ。それで行くんだ」

「人に会ったらどうする」

　半ば期待しつつ、そう言うと、

「急病人を運んでるふりでもするんだな」

「ひどい演出だ」

飛びかかる隙《すき》をうかがうが、静さんからナイフが離れない。やむを得ず、お嬢様を抱き上げる。ふわりと軽い。眼と眼が合ってしまう。お嬢様は、すっと瞳を閉じた。

十二時近くになっている。都会なら、まだまだ帰って来る人がいそうなものだ。しかし、あいにくマンションは深山の中のように静まり返り、廊下に人気はない。

エレベーターで一階まで行く。そこから階段で半地下に降りる。

南条は唇を歪《ゆが》めてつぶやいた。

「――《馬を持って来い！　馬を！　馬を持って来た者には国をやるぞ！》」

なるほど下には、《馬》が並んでいる。――駐車場だった。そこで、ぞくりとした。

――車。

河合由季の父親は、娘が南条劇場に入ることには絶対反対だった。そして、交通事故で死んだ。

今の南条の言動を見たら、思えてきた。そこにも恐しいことがあったのではないか。

コンクリートは冷え冷えとした。奇妙な行進は南条の車のところまで続いた。

南条がドアの鍵を開ける時がチャンスだと思った。静さんが逃げられるのではないか。しかし、南条は彼女を車に押し付け、体で覆うようにして動かさない。右手にナイフを持ち、左手でドアを開けた。

「お疲れさま、さあ、その素敵な荷物を後部座席に寝かせてくれ」

千秋さんを連れて、どこかへ行く気なのだ。

「——嫌だ」

「俺は冗談をいってるんじゃないぞ」

「この人をどうする気なんだ」

南条は眉を上げ、

「こんな娘は初めて見た。由季とは違う。俺と歩く女じゃあない。しかし、別のやり方で俺の世界に食い入って来た。俺とは表と裏かもしれない」

「どうする気だ、と聞いてるんだ」

南条が、笑った。

あっと思った。頭に血が上った。

「い、一緒に死ぬ気か」

「面白いことをいうな」

南条がよからぬことを考えガムテープをはがせば、もう千秋さんのものだと思っていた。しかし、車ごと海にでも飛び込まれたら、どうしようもない。

手が震えた。

「殺せ。――俺を殺せっ！」

千秋さんは、ぱちりと目を開いた。

「リョースケ」

ぎくりとする。

「はい」

「……きっと会える。また会える。……心配するなよ」

「千秋さん」

「乗せてくれ。あたしが頼む」

次の瞬間、自分でも思いがけないことをしていた。

千秋さんの黒の帽子が、ふわりと落ちた。南条さえも押し黙った。永遠のような時が流れた。千秋さんは、再び目を閉じた。その瞼《まぶた》の内側で、どんな世界を見ているのだろう。

唇が離れた時、身動き出来ぬ千秋さんは、小さな声で、いった。

「――この卑怯者《ひきょうもの》」

30

南条は、ガムテープをこちらに投げ、中丸君の脚に巻き、自分の脚にも巻くようにいった。完了すると、

「よし、それじゃあ後ろ手に組んで、こっちを向け」

静さんを追い立て、今度は彼女に、こちらの手を固定させる。自由を奪われた。どんと突かれると、よろよろと壁に背中が当たる。それから尻餅《しりもち》を突いてしまう。後ろ手の爪《つめ》がコンクリートを擦《す》り、たまらなく痛かった。多分、血がにじんでいるだろう。だが、千秋さんを——掛け替えのない人を行かせてしまうのだと思うと、それぐらいの罰では足りないと思った。人質を取らせたのは、こちらの油断だ。こちらがもう少し、しっかりしていれば、こんなことにはならなかったのだ。

南条は、残った静さんもぐるぐる巻きにした。

ぽんと、用済みのガムテープを投げ出す。壁まで転がり、跳《は》ね返ってくるくると輪を描き止まった。

「それじゃあ、行くよ。見送り、頼む」

バイバイと手を振って、車に乗り込む。しばらく静かなのは、後部座席の千秋さんの様子を見ているのだろう。そこに、

「南条ーっ！」

ぴょんぴょんと、後ろ手の男が運転席の横まで跳ねて行き、硝子《ガラス》に顔を押し付けた。南条も驚いたろう。窓を引き開け、

「邪魔するとひき殺すぞっ」

すかさず背中の、ガムテープで幾重にも巻かれた筈の手が、びゅんとばかりに飛び出し、南条の顔を殴りつけた。まるでびっくり箱から拳固《げんこ》がはじけたようだ。鼈甲縁《べっこうぶち》の眼鏡《めがね》が弾《はじ》け、車のどこかに当たって音を立てた。

殴った男は、ドアを開けると南条を、ずるずる引きずり出す。トレンチコートが床を這《は》った。南条は、ばったのように脚をばたばたさせながら、

「——ば、馬鹿なっ。あれほど縛ったのにっ」

不条理な事態に驚愕《きょうがく》する南条の前に、こちらの顔を突き出す。南条は、自分を殴った男と——同じ顔を見た。

「！」

膝立ちのまま、いってやった。

「南条、入れ替わりはシェークスピアのお得意だろう」

いい気持ちだ。コピーがいった。

「――弟が、お世話になったようだな」

「お、お前は？」

「刑事だよ」

足音を殺して来たので、兄貴は靴下。いかにも寒そうである。

やじ馬といっては申し訳ない。職業が職業だ。南条のマンションでトリックの解明をやっていると聞き、矢も盾もたまらず駆けつけて来たのだ。タイミングよくロビーに入った辺りで、下に向かう奇妙なグループの後ろ姿を見たのだろう。

静さんに向けられたナイフに切歯扼腕《せっしやくわん》し、突撃の機会をうかがいつつ、車の間をじりじり近づいて来たようだ。

南条はあえいだ。

「――しょ、証拠はないぞ」

「ふざけるな。証拠がいるかっ！」

「え」

兄貴は胸を張って、宣言する。

「南条弘高、誘拐の現行犯で逮捕するっ」

自縄自縛《じじようじばく》という。南条のガムテープが、その役目を果たした。なるほど、使い道はいろいろある。――善にも悪にも。

すぐにも自由にしてもらいたいが、身内は後回し、レディーファーストで静さん、次いで中丸君となる。最後に解かれた時には、もう二人共、南条の灰色の車の、後部座席を覗《のぞ》き込んでいた。

口をあんぐりと開けている。何事が起こったのか。

「――だ、大丈夫ですか」

転げるように、窓に張り付くと、静さんがいった。

「……信じられない」

「え」

「寝てる」

31

春一番が吹き、緑の色が変わって来た。

校正の朱を入れ終わると、お嬢様は紅茶をいれ直し、それから、思い切ったように、

「あの……、この間の事件……」

「ええ」

「お分かりになりにくい、とおっしゃいましたよね」

「はあ。『推理世界』でも本格物は扱いますが、あんなごちゃごちゃしたやつは珍しいですからね。事実は小説よりも面倒、ですね」

「それで……」

お嬢様は、表のようなものを取り出す。

「やあ、タイムテーブルですね」

こくん、と頷《うなず》く。

> 八時頃
> 中丸さんに電話をかけさせる。(十二時に電話するように、という連絡)
>
> 九時頃
> 事務所に着く。時計は出る時に一時間、進めておく。

十一時（中丸さんにとっては十二時）
　坂上さんに電話するふりをする。トリックにより、河合さんが電話して来たように見せる。
十二時
　上尾着。外から、坂上さんに電話。河合さんの家から（出来れば河合さんにプッシュホンを押させて）中丸さんに電話。十二時に上尾から事務所への通話があったという《事実》を作る。

「この、河合さんにプッシュホンを押させるというのは何です」

「受話器と、その番号のボタンに新しい指紋が残るでしょう」

「なるほど」

「日常使っている電話ですから、最初から指紋はついているわけです。そこまで考えなくてもいいのでしょう。でも、もし、そう出来たら、受話器の指紋を消さないようなところを持って、中丸さんと雑談を交わし、《先に寝ていてくれ》といいます」

「真夜中に、急に来たことについては、どう説明します?」

「中丸さんと一緒だっただけに、それが理由になると思います。酒の勢いで彼が、別の女性のことを告白した、あるいは結婚のつもりはないといった——などというのはどうでしょう。だとしたら、御注進《ごちゅうしん》に来るのはありそうなことだし、河合さんとしても気が気ではないでしょう」

「手はあるものですね」

「田代に——」新妻家の運転手さんである。

「真夜中に走らせてみました。あの事務所から、河合さんの家まで、高速を使って四十五分で行けました」

「ほう」

「時間的には、ぎりぎりだと思います。トリックを使う時間を十五分ぐらい早めれば、もう少し余裕がでます。それでもいいわけです。——でも、あの方のことだから、わざわざ困難な状況を作って、はなれわざを演じたのかもしれません。その辺は何ともいえません」

風が、テーブルの上の紙をひらひらと揺らす。

お嬢様は、桜貝の色のドレスである。逃げ出しそうな紙を、細い指で押さえ、

「いい落としたことは、ありますかしら？」

「はあ」思わず、居住まいを正し、「――別件ですが」

「え」

「申し訳ありませんでした」

真実から出た行動だったが、相手は動けなかったのだ。フェアではない。

お嬢様は、あっと、後ろを向いてしまった。そして消え入りそうな声で、壁にいう。

「……わたくし、眠っていましたから、……何も存じません」

そういわれてしまうのも、切ないではないか。南条の言葉を思い出しつつ、

「男は恐いものだと思いますか」

「まあ……」

お嬢様は、振り返った。上気した顔の、深い瞳が、恨むようにこちらを見ていた。

「……岡部さんが、そんなこと、おっしゃるなんて」

「ぼくは、真剣にいっています。今まで、こんなに真剣になったことはない」

千秋さんは、いきなり胸の前で手を組み、すっと立ち上がった。

「わたくし、男の人なんて、恐くありません。冒険だって出来ます」

泣き出すのではないか、と思った。もう止《や》めよう、と思った。

ところが、お嬢様はドレスの裾《すそ》を春風に翻《ひるがえ》し、CDの並んでいるコーナーに進んだ。

「ベートーベンの第九『合唱』、四楽章は三十分近くあります」

「はい？」

「マーラーの楽章ですと、軒並み長くなります。ほら、三十三分四十一秒というのもあります」

「それが、どうかしたんですか」

お嬢様は、かまわず、

「これをおかけしましょう。イ・ムジチの『ブランデンブルグ協奏曲第三番第二楽章』」

銀盤を光らせ、プレーヤーに置く、そして、こちらを、きっと睨《にら》み、
「岡部さん。この楽章の鳴る間、わたくしに——何をなさってもけっこうよ」
大変だ！　こちらは、

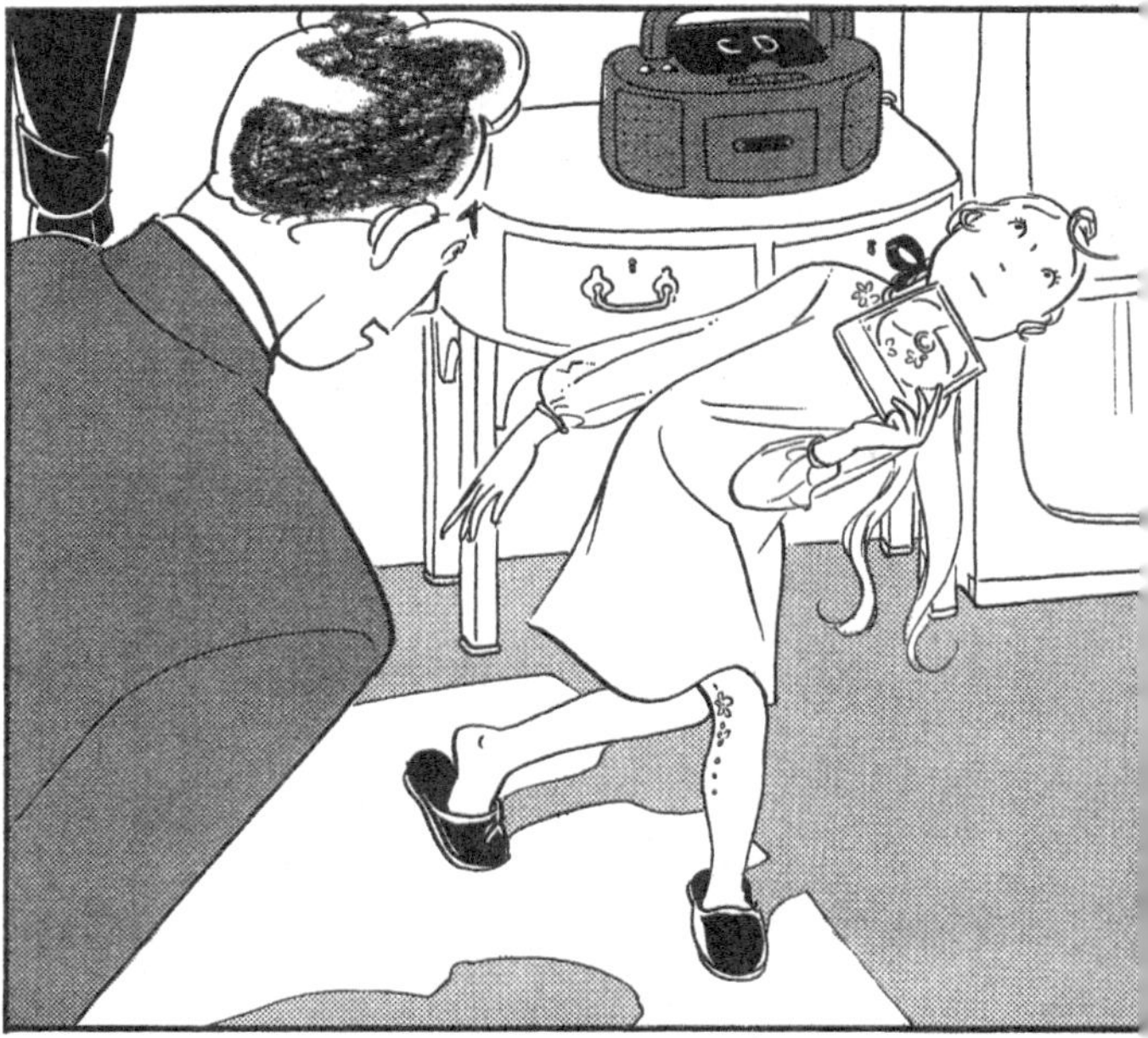

ガス漏れしている部屋で、マッチを点《つ》けたように、ひたすら、驚きうろたえた。テーブルに手を突いて、立ち上がり、

「あ、あなたが、――そんなことをいっちゃあいけない」

「わたくし、子供じゃありませんっ」

　お嬢様は、ぴぴぴぴ、と頭出しをし、こちらを向き、

「い、いいですかっ」

「ちょ、ちょっと待って」

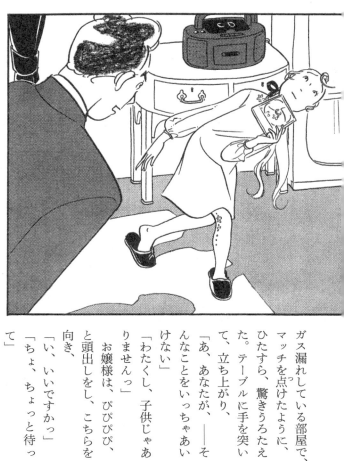

「駄目ですっ」

指がプレイを押した。重い、しかし、目覚めのような楽《がく》の音《ね》が、部屋に響いた。

お嬢様は、殉教する聖女のような顔をこちらに見せる。体全体がコンクリートで固めたように硬い。押したら、そのまま倒れそうだ。

「ち、ち――」

間抜けな千鳥ではない。《千秋さん》といおうとしたのだ。しかし、そこでお嬢様の指が動いた。プレーヤーは止まった。

静寂が戻り、外では千鳥ならぬ小鳥の、春のさえずりが聞こえた。窓からの柔らかな光が、滑り台になりそうな斜めの線を描いて、二人の間を流れていた。

「ど――」

《どういうことです？》といおうとしたのである。

千秋さんは全身の力が抜けたように、ふらふらと床にくずおれ、絨毯《じゅうたん》に手を突いた。

助けようと側に寄ると、悪戯《いたずら》っ子の笑みを浮かべ、

「イ・ムジチだと、この楽章、十六秒しかないんです」

※『オセロ』と『マクベス』の台詞は小津次郎訳、『あらし』は和田勇一訳、『リチャード三世』は大山俊一訳による。

解説

大多和伴彦

文章を書いて糊口《ここう》を凌《しの》ぎはじめてから、それほどの時間がたっていなかったころ、文庫の解説のお仕事をいただくと、普段書いている雑誌などの書評の原稿よりも、緊張したものでした。

もちろん、どんな文章も「原稿料をいただいても恥ずかしくない水準」をそなえたものを書かねばならない点では同じですから、いつでも、それなりの緊張感はある。けれども、手軽なサイズであっても、やはり直接本に収められる文章を書く、という重みが、襟を正させてしまうのでしょう。

今回の北村さんの作品について解説を、とお話をいただいたとき、その緊張感は、いつにも増して大きなものとなったのでした。なぜなら、この〝覆面作家〟シリーズ第二作目『覆面作家の愛の歌』の文庫化は、私にとって特別の感慨があるからなのです。

この覆面作家と担当者の物語の陰には、もうひとつの覆面作家と編集者のエピソードがありました。解説らしからぬ文章を綴《つづ》ることになるでしょうが、このことを書いておくことが、当時の担当者のひとりだった私の役目であると思うのです。

現在の仕事をはじめる前、私は総合文芸誌『野性時代』の編集者をしておりました。北村さんのファンの方ならすでに御存知でしょうが、この〝覆面作家〟シリーズは、『野性時代』に不定期掲載されたものです。そして、私は、前作『覆面作家は二人いる』に収められた三つのお話の原稿を戴いていた担当編集者でした。

今でこそ、北村さんの柔和な笑顔は、さまざまな雑誌に載っていますし、平成九年の秋には、日本推理作家協会創立五〇周年を記念して行われた文士劇で、デビュー作以来の人気キャラクター〝円紫師匠〟に扮《ふん》し、その達者な演技は衛星放送で全国に流れもしました。しかし、平成三年に『夜の蟬』で推理作家協会賞（短篇および連作短篇集賞）を受賞されるまでは、北村さん自身が顔はおろか、年齢、性別、経歴など、すべてが謎《なぞ》に包まれた〝覆面作家〟でした。

作品の発表は書き下ろし。版元の東京創元社に問い合わせをしても、担当の戸川編集長には上手にはぐらかされてしまうばかりで、各出版社の編集者たちは、ずいぶん悔しい思いをしたものでした。私もそのひとりでした。雑誌の仕事をしていましたから、もし、北村さんにお会いすることさえできれば、いきなり一冊分の長編の依頼は無理だとしても、単発の短い作品を、それもかなわないなら、たとえば原稿用紙二、三枚程度のエッセイでも、と、とにかく、一回でもお仕事がしたい——いや、それ以前に、これまで読んだこともないような、豊かな教養、深い人間洞察、そして、美しい文章を書く才能を持った人物に、お目にかかってみたいという、純粋な好奇心がありました。

そんな中、角川の書籍部門の編集者から「北村さんにコンタクトが取れたので、一緒に会いに行かないか」と誘われたのです。その人は、私が北村さんに原稿を依頼したくて八方手を尽くしていることを知っていました。

彼女は、さまざまなすばらしい企画の本を作っていた先輩でした。発想の豊かさ、きめ細かな心遣い、大胆な行動力、そして、粘り強さという、編集者には欠かせない能力を、いくつも兼ね備えていたし、私生活では、佳《よ》き妻であり、優しい母親でもある、素敵な女性でした。

はじめての打ち合わせの席で、しゃべっていたのは、私たちばかりだったような記憶があります。普通の作家との打ち合わせとは違い、それまで私たちが胸の中で膨れ上がらせていた北村さんと、その作品に対する思いをお話しできる喜びに、いささか、仕事であることを忘れかけていたようです。そんな私たちに、北村さんは、照れたような、はにかんだような笑みを浮かべながら、ひとつひとつ丁寧に答えを返して下さいました。

そして、なんと北村さんはその場で、私たちに作品を書いてくださる約束をしてくださったのでした。予想以上の成果に、私は驚きました。おそらく、先輩編集者が北村さんを探し当てた情熱に絆《ほだ》された、それが、引き受けてくださった一番大きな理由だったのでしょう。

戴いた原稿は、いったん『野性時代』に掲載してから、本にまとめることになりました。それはそれは、楽しい仕事でした。繰り返しになってしまいますが、当時、北村さんの新作は書き下ろしの単行本が出るのを待つしかなかったのですから、最新の作品を（しかも、新シリーズです！）、誰よりも先に読める喜びは、ひとしおでした。

さらに、北村さんの作品の世界を、見事に絵で表現してくださる高野文子さんとお仕事が出来たことも、もうひとつの喜びでした。高野さんには、〝円紫師匠＆「私」〟シリーズとはまた違ったタッチで、千秋さんの深窓の令嬢ともうひとつの顔を見事に描きわけた素敵なイラストを戴くことができました（単行本では、割愛されたイラストが、この文庫シリーズでは復活しています）。

二作目（『眠る覆面作家』）の原稿執筆の前に、北村さんから、小説雑誌の編集部や、印刷所の様子を知りたいと問い合わせがありました。先輩編集者とともに、私たちの普段の仕事や生活、身の回りで起きた失敗談などをお話ししたり、印刷所で行う出張校正の雰囲気を伝えるために、建物や、校正用の道具類（仕出し弁当の中身も）などを、写真に撮ってお渡しししました。

戴いた原稿の『推理世界』編集部や校正室でのシーンは、活気あるオリジナリティ溢《あふ》れるものになっていました。編集者の行動やセリフのどれをとっても、私たち現場に身を置く人間が読んでもリアリティがある、いや、あり過ぎるくらい鋭く描かれていました。

エンターテイメント作法の基本のひとつに「大きな嘘《うそ》をひとつつくためには、その周りのことはすべて本当で固めなければならない」というのがあります。たとえば、映画『E.T.』。一見グロテスクな宇宙人が、しだいに可愛らしく見えてきて、ラストの別れのシーンでは、観客もエリオット少年と一緒に涙を流しながら宇宙船を見送ってしまう。それは、宇宙人以外の部分の描写——子供たちが遊ぶボード・ゲームから、不在の父親の使っていた化粧品の匂《にお》いにいたるまで、細部のディティールにきちんと心が砕かれているからこそ、非現実的な宇宙人に観客は感情移入してしまうのです。〝覆面作家〟シリーズは、『E.T.』とは正反対に、登場しただけで誰をも虜にしてしまうような魅力的なお嬢様が主人公ですが、その設定は、深窓の令嬢にして新人推理作家、なおかつお屋敷の家と外では人格が豹変《ひょうへん》し、難事件を見事な推理で解き明かす――と、やはり非現実的。千秋さんにリアリティを持たせ、読者に好感を抱かせるためには、その周りの世界を正しく描くことが絶対条件であったはずです。

さらに、この〝正しく〟描かれた世界は、普段私たちが忘れかけていた、人の営みの真実を思い出させてもくれる。

澄んだ水をたたえた湖――北村さんの作品に対峙《たいじ》するとき、私がいつも頭に思い浮かべるイメージです。

清涼な空気が漂う湖畔を散策したり、舟を浮かべて釣りを楽しむことも出来る。周りを取り囲む木々の緑は目を休めてくれるし、空の高さに驚かされたり、流れる雲の変化を楽しむこともできる。

湖面は、鏡のようにこちらの姿を映し出すけれど、手を差し入れれば、その水はかなり冷たく、そして、深い。

美しい文章によって読む者を酔わせながら、的確に人間の姿を、普段は見えない深い部分まで描いてしまう。これが、北村作品の魅力であり、凄《すご》み、でもあると思っています。

さて――。

本書の第一話「覆面作家のお茶の会」が書き上げられたとき、私は個人的な理由で会社を辞めていました。そして、先輩編集者――豊嶋和子さんは、帰らぬ人に……。

私は、『野性時代』の新しい担当者となった池谷真吾君の心遣いで、ゲラの段階で第二シリーズのオープニングを読ませてもらう機会に恵まれました。

千秋さんとリョースケの登場は、平成三年十二月号以来のこと。三年以上の時が流れていましたが、そんなブランクをまったく感じさせない快調なテンポで物語はスタートしていました。懐かしさはすぐに忘れ、私は冒頭の左近先輩の手紙の謎にのめり込んでいきました。そして、五節のおわり、その謎が解かれたあとの千秋さんのセリフを読んだとき、活字がにじんでいました。

「本を手にしたら、いつだってあの人に会える」

さりげなく、セリフに込められてはいますが、これは、まぎれもない北村さんの豊嶋さんへの鎮魂の言葉でした。

物語は、作家が生み出すものです。しかし、そのきっかけ作りや、物語が一冊の本となり、読者のもとへと届けられるまでの間には、さまざまな人が関わりを持っていきます。その出会いのひとつ、この「覆面作家」の物語が生まれることになった彼女の仕事を、北村さんは千秋さんの言葉によって作品の中で、永遠のものにしてくださったのです。

「覆面作家」シリーズは三冊で完結しています。その出版のあと、池谷君も別の出版社の編集部で働くことになりました。そして『野性時代』も休刊しました。

時はうつろい、人は去っても、物語は残っていく。しかし、こうして文庫化されることによって、千秋さんとリョースケは、また新しい読者と出会うことでしょう。そして、出会った人々の心の中で永遠にふたりは生き続ける……。冒頭に述べた「文庫化への特別の感慨」とは、そういうことなのです。

※一九九八年刊行の角川文庫『覆面作家の愛の歌』に収録された解説を加筆訂正の上、再録しました。

本書は、一九九八年五月に小社より刊行された
自社文庫に加筆修正し、イラストを収録のうえ
改版したものです。

覆《ふく》面《めん》作《さっ》家《か》の愛《あい》の歌《うた》

新装版《しんそうばん》

北村《きたむら》 薫《かおる》

平成10年 5月25日　初版発行
令和元年 7月25日　改版初版発行
令和6年 12月5日　改版3版発行

発行者●山下直久

発行●株式会社KADOKAWA
〒102-8177　東京都千代田区富士見2-13-3
電話　0570-002-301（ナビダイヤル）

角川文庫 21710

印刷所●株式会社KADOKAWA
製本所●株式会社KADOKAWA

表紙画●和田三造

●お問い合わせ
https://www.kadokawa.co.jp/（「お問い合わせ」へお進みください）
※内容によっては、お答えできない場合があります。
※サポートは日本国内のみとさせていただきます。
※Japanese text only

ISBN 978-4-04-108171-6　C0193

角川文庫発刊に際して

角川源義

第二次世界大戦の敗北は、軍事力の敗北であった以上に、私たちの若い文化力の敗退であった。私たちの文化が戦争に対して如何に無力であり、単なるあだ花に過ぎなかったかを、私たちは身を以て体験し痛感した。西洋近代文化の摂取にとって、明治以後八十年の歳月は決して短かすぎたとは言えない。にもかかわらず、近代文化の伝統を確立し、自由な批判と柔軟な良識に富む文化層として自らを形成することに私たちは失敗して来た。そしてこれは、各層への文化の普及滲透を任務とする出版人の責任でもあった。

一九四五年以来、私たちは再び振出しに戻り、第一歩から踏み出すことを余儀なくされた。これは大きな不幸ではあるが、反面、これまでの混沌・未熟・歪曲の中にあった我が国の文化に秩序と確たる基礎を齎らすためには絶好の機会でもある。角川書店は、このような祖国の文化的危機にあたり、微力をも顧みず再建の礎石たるべき抱負と決意とをもって出発したが、ここに創立以来の念願を果すべく角川文庫を発刊する。これまで刊行されたあらゆる全集叢書文庫類の長所と短所とを検討し、古今東西の不朽の典籍を、良心的編集のもとに、廉価に、そして書架にふさわしい美本として、多くのひとびとに提供しようとする。しかし私たちは徒らに百科全書的な知識のジレッタントを作ることを目的とせず、あくまで祖国の文化に秩序と再建への道を示し、この文庫を角川書店の栄ある事業として、今後永久に継続発展せしめ、学芸と教養との殿堂として大成せんことを期したい。多くの読書子の愛情ある忠言と支持とによって、この希望と抱負とを完遂せしめられんことを願う。

一九四九年五月三日

角川文庫ベストセラー

冬のオペラ

北村 薫

名探偵はなるのではない、存在であり意志である――名探偵巫弓彦に出会った姫宮あゆみは、彼の記録者になった。そして猛暑の下町、雨の上野、雪の京都で二人は、哀しくも残酷な三つの事件に遭遇する……。

元気でいてよ、R2-D2。

北村 薫

「眼は大丈夫？」夫の労りの一言で、妻が気付いてしまった事実とは（「マスカット・グリーン」）。普段は見えない真意がふと顔を出すとき、世界は崩れ出す。人の本質を巧みに描く、書き下ろしを含む9つの物語。

八月の六日間

北村 薫

40歳目前、雑誌の副編集長をしているわたし。仕事はハードで、私生活も不調気味。そんな時、山の魅力に出会った。山の美しさ、恐ろしさ、人との一期一会を経て、わたしは「日常」と柔らかく和解していく――。

9の扉

北村 薫、法月綸太郎、殊能将之、鳥飼否宇、麻耶雄嵩、竹本健治、貫井徳郎、歌野晶午、辻村深月

執筆者が次のお題とともに、バトンを渡す相手をリクエスト。9人の個性と想像力から生まれた、驚きの化学反応の結果とは!? 凄腕ミステリ作家たちがつなぐ心躍るリレー小説をご堪能あれ！

本をめぐる物語 栞は夢をみる

大島真寿美、柴崎友香、福田和代、中山七里、雀野日名子、雪舟えま、田口ランディ、北村 薫
編／ダ・ヴィンチ編集部

本がつれてくる、すこし不思議な世界全8編。水曜日にしかたどり着けない本屋、沖縄の古書店で見つけた自分と同姓同名の記述……。本の情報誌『ダ・ヴィンチ』が贈る「本の物語」。新作小説アンソロジー。

角川文庫ベストセラー

作家の履歴書
21人の人気作家が語るプロになるための方法

大沢在昌他

作家になったきっかけ、応募した賞や選んだ理由、発想の原点はどこにあるのか、実際の収入はどんな感じなのか、などなど。人気作家が、人生を変えた経験を赤裸々に語るデビューの方法21例！

暗い宿

有栖川有栖

廃業が決まった取り壊し直前の民宿、南の島の極楽めいたリゾートホテル、冬の温泉旅館、都心のシティホテル……様々な宿で起こる難事件に、おなじみ火村・有栖川コンビが挑む！

壁抜け男の謎

有栖川有栖

犯人当て小説から近未来小説、敬愛する作家へのオマージュから本格パズラー、そして官能的な物語まで。有栖川有栖の魅力を余すところなく満載した傑作短編集。

怪しい店

有栖川有栖

誰にも言えない悩みをただ聴いてくれる不思議なお店〈みみや〉。その女性店主が殺された。臨床犯罪学者・火村英生と推理作家・有栖川有栖が謎に挑む表題作「怪しい店」ほか、お店が舞台の本格ミステリ作品集。

最後の記憶

綾辻行人

脳の病を患い、ほとんどすべての記憶を失いつつある母・千鶴。彼女に残されたのは、幼い頃に経験したというすさまじい恐怖の記憶だけだった。死に瀕した彼女を今なお苦しめる、「最後の記憶」の正体とは？

角川文庫ベストセラー

Another （上）（下）　綾辻行人

1998年春、夜見山北中学に転校してきた榊原恒一は、何かに怯えているようなクラスの空気に違和感を覚える。そして起こり始める、恐るべき死の連鎖！　名手・綾辻行人の新たな代表作となった本格ホラー。

霧越邸殺人事件 （上）（下）〈完全改訂版〉　綾辻行人

信州の山中に建つ謎の洋館「霧越邸」。訪れた劇団「暗色天幕」の一行を迎える怪しい住人たち。邸内で発生する不可思議な現象の数々…。閉ざされた〝吹雪の山荘〟でやがて、美しき連続殺人劇の幕が上がる！

正義のセ　ユウズウキカンチンで何が悪い！　阿川佐和子

東京下町の豆腐屋生まれの凜々子はまっすぐに育ち、やがて検事となる。法と情の間で揺れてしまう難事件、恋人とのすれ違い、同僚の不倫スキャンダル……山あり谷ありの日々にも負けない凜々子の成長物語。

マタニティ・グレイ　石田衣良

小さな出版社で働く千花子は、予定外の妊娠で人生の大きな変更を迫られる。戸惑いながらも出産を決意したが、切迫流産で入院になり……妊娠を機に、自分の生き方を、夫婦や親との関係を、洗い直していく。

世界の終わり、あるいは始まり　歌野晶午

東京近郊で連続する誘拐殺人事件。事件が起きた町内に住む富樫修は、ある疑惑に取り憑かれる。小学六年生の息子・雄介が事件に関わりを持っているのではないか。そのとき父のとった行動は……衝撃の問題作。

角川文庫ベストセラー

ハッピーエンドにさよならを　歌野晶午

望みどおりの結末なんて、現実ではめったにないと思いませんか？　もちろん物語だって……偉才のミステリ作家が仕掛けるブラックユーモアと企みに満ちた奇想天外のアンチ・ハッピーエンドストーリー！

家守　歌野晶午

何の変哲もない家で、主婦の死体が発見された。完全な密室状態だったため事故死と思われたが、捜査のうちに30年前の事件が浮上する。歌野晶午が巧みに描く「家」に宿る5つの悪意と謎。衝撃の推理短編集！

RDG　レッドデータガール　はじめてのお使い　荻原規子

世界遺産の熊野、玉倉山の神社で泉水子は学校と家の往復だけで育つ。高校は幼なじみの深行と東京の鳳城学園への入学を決められ、修学旅行先の東京で姫神という謎の存在が現れる。現代ファンタジー最高傑作！

西の善き魔女1　セラフィールドの少女　荻原規子

北の高地で暮らすフィリエルは、舞踏会の日、母の形見の首飾りを渡される。この日から少女の運命は大きく動きだす。出生の謎、父の失踪、女王の後継争い。RDGシリーズ荻原規子の新世界ファンタジー開幕！

金魚姫　荻原浩

金なし、休みなし、彼女なし。うつ気味の僕のもとにやってきたのは、金魚の化身のわけあり美女!?　突然現れたおかしな同居人に、僕の人生は振り回されっぱなし！

角川文庫ベストセラー

道徳という名の少年　桜庭一樹

愛するその「手」に抱かれてわたしは天国を見る――エロスと魔法と音楽に溢れたファンタジック連作集。榎本正樹によるインタヴュー集大成「桜庭一樹クロニクル２００６―２０１２」も同時収録!!

無花果《いちじく》とムーン　桜庭一樹

無花果町に住む18歳の少女・月夜。ある日大好きな兄が目の前で死んでしまった。月夜はその後も兄の気配を感じるが、周りは信じない。そんな中、街を訪れた流れ者の少年・密は兄と同じ顔をしていて……!?

GOSICK　―ゴシック―　全9巻　桜庭一樹

20世紀初頭、ヨーロッパの小国ソヴュール。東洋の島国から留学してきた久城一弥と、超頭脳の美少女ヴィクトリカのコンビが不思議な事件に挑む――キュートでダークなミステリ・シリーズ!!

すぐそばの彼方　白石一文

4年前の不始末から精神的に不安定な状況に陥っていた龍彦の父は、次期総裁レースの本命と目されていた。その総裁レースを契機に政界の深部にのまれていく龍彦。愛と人間存在の意義を問う力作長編!

私という運命について　白石一文

大手メーカーに勤務する亜紀が、かつて恋人からのプロポーズを断った際、相手の母親から貰った一通の手紙。女性にとって、恋愛、結婚、出産、そして死とは……運命の不可思議を鮮やかに映し出す感動長篇。

角川文庫ベストセラー